スライム倒して300年、知らないうちにレベルMAXになってました
24
She continued destroy slime for 300 years
Morita Kisetsu
森田季節
illust. 紅緒

赦《ゆる》しましょう！

これからもいそしみなさい商売に
ははーっ!
ありがたやー!
茶番ね

パールドラゴンの娘
オースティラ
ドワーフの会社社長
タラコスパゲ

アスファルトの精霊
モリャーケー
狐獣人のアンデッド
ホルトトマ

捕らえたのだ。

わたくしの名はエーリサッス！
華麗なる伝説が今日からはじま……
こらー！
離しなさいよ！

Contents

Story by Morita Kisetsu Illustration by Benio

She continued destroy slime for 300 years

スライム倒して300年、知らないうちにレベルMAXになってました24

Morita Kisetsu
森田季節
illust. 紅緒

アズサ・アイザワ（相沢 梓）

主人公。一般的に「高原の魔女」の名前で知られている。
17歳の見た目の不老不死の魔女として転生してきた女の子（？）。
いつの間にか世界最強になっていて大変な目に遭いもしたが、
そのおかげで家族が出来てご満悦《まんえつ》。

継続はパワーなり。
継続できることしかしません！

義理のお母様、
世界は真っ白であるべきです！

シローナ

ファルファ&シャルシャの後に生まれたスライムの精霊。
警戒心が強く、アズサを義理の母親扱いしてあまり懐かない。
既に一流の冒険者として活躍しているが、白色を偏愛するという
奇癖を持つ。本書掲載の外伝「辺境伯の真っ白旅」の主人公。

ファルファ&シャルシャ

スライムの魂が集まって生まれた精霊の姉妹。
姉のファルファは自分の気持ちに
正直で屈託《くったく》がない子。
妹のシャルシャは心づかいが細やかで
気配りが出来る子。
二人ともママであるアズサが大好き。

ママー、ママー！　ママ大好き！
……体は重くとも、心は軽くあるべき

アズサ様、今日も誠心誠意、精進いたします！
フラットルテはライカより頑張るのだ！

ライカ&フラットルテ

高原の家に住むレッドドラゴン&
ブルードラゴンの女の子。
ライカはアズサの弟子で頑張り屋の良い子。
フラットルテはアズサに服従している元気娘。
同じドラゴン族なので何かと張り合っている。

ハルカラ

エルフの娘で、アズサの弟子。
キノコの知識を活かし会社を経営する
立派な社長さんなのだが、高原の家では、
ところ構わず〝やらかし〟てしまう
一家の残念担当に過ぎない。

さぁ、今日は
何を食べましょうかね♪

ベルゼブブ

ハエの王と呼ばれる上級魔族で、魔族の農相。
ファルファとシャルシャを
まるで姪っ子かのように愛でており、
魔界と高原の家を頻繁に行き来している。
アズサの頼れる「お姉ちゃん」。

わらわの名はベルゼブブ！
魔族の国の農相じゃ!!

ロザリー

高原の家に住む幽霊少女。
幽霊である自分を遠ざけず、
手を差し伸べてくれたアズサに心酔している。
壁を抜けられるが人は触れない。
人に憑依する事も可能。

アタシ、姐《ねえ》さんに
ずっとついていきます！

サンドラ

マンドラゴラの女の子。三百年育った末に
意志を持ち動くようになった存在。
れっきとした植物で、高原の家の
家庭菜園に住んでいる。意地っ張りで
強がっている事も多いが、寂しがりな一面も。

私は庭に生えてる
だけだからね！ がお～！

ユフフ

したたりの精霊（水の精霊の一種）。
アズサをも籠絡《ろうらく》する最強の包容力を持つ、
おせっかい焼きなみんなのママ。

いつだってママと呼んでいいのよ？

結婚式パックはいろいろと用意してるっス！

ミスジャンティー

松の精霊。
昔から結婚の仲立ちをする存在として
信仰されていたものの、最近は風習そのものが
廃れてきており焦っている。アズサたちと
知り合い、フラタ村に神殿（分院）を建てた。

ムー・ムーム＆ナーナ・ナーナ

悪霊たちの王国の、王と大臣。
ムー・ムーム王は
ノリツッコミ好きな関西人的性格。
ナーナ・ナーナは側近として有能だが、
毒舌で人の嫌がる事が大好き。

おもろかったらなんでもアリなんやおもろい奴が最強やからな
陛下、ずいぶんと小心者ですね王たる者にふさわしくないですよ

ニンタン神

この世界で古くから信仰されている女神様。
常に上から目線で、気に入らない相手を
すぐカエルに変身させてしまう困った性格だが、
人間（レベルMAXを突破したアズサ）に
負けたことで、少し丸くなった。

こわっぱめ！
お前もカエルにしてやろうか

みんなのまえのときは、
マンジューでいいよ

マンジュー

フラットルテの実家の近所に住む、
ブルードラゴンの子供。
喋る事ができない、と
勘違いしたアズサたちによって
『マンジュー』と名付けられた。

ミミちゃん

ミミミック。
ソーリャのお店の倉庫に棲んでいたが、
アズサに懐いて高原の家にやってきた。
ホコリが好物で、光るものを自分の身体（箱）の
中に入れたがる。

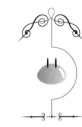

時間が停止した

She continued destroy slime for 300 years

今日の朝はハルカラが朝食《ちょうしょく》を作る日だ。

ハルカラが当番の日はどちらかというと野菜の量が多い。そこまでの違いじゃないけどね。どちらかというと、むしろドラゴンが料理を作ると肉の割合が高くなる傾向にある。

もう、ダイニングにはみんな揃《そろ》っていた。なにせサンドラもロザリーもいるぐらいだ。ドアが微妙に開いているのはサンドラがちゃんと閉めなかったせいか。あとで閉めておこう。

ここまで朝から全員集まっていることは珍しいんじゃなかろうか。

ハルカラは、料理はほぼ作り終えているようだが、飲み物の準備はまだみたいだ。

「ハルカラ、お茶は用意しておくね」

「お師匠《ししょう》様、ありがとうございます♪」

私は手早く水を沸騰させる。この世界にガスコンロはないが、私の場合は魔法でどうにでもなる。

強火でちゃちゃっと作ったお湯をティーポットに注《そそ》ぐと、ダイニングのほうに持っていく。

「みんな～、お茶はちゃ～んとあるよ、なんちゃって」

私がつまらないダジャレを言った途端、みんながぴたっと静止した。

ファルファはスプーンを持ったまま微動だにしない。

フラットルテなんてあくびしながら器用に止まっている。

サンドラは窓のほうを向いたままで、こっちに意識を向けることすらない。

えっ、いくらなんでも、この反応はひどいのでは……。

「いや、どんな寒いギャグだからって、ぴたっと固まるまでのことはないじゃん！　反応としてひどすぎるっ！　『つまらない』って言うぐらいはいいでしょ？」

私がそう言っても、誰《だれ》も動かない。

なんだ、これ。

私だって、「お茶はちゃ～んとある」が面白《おもしろ》いとは思ってない。

朝の軽いあいさつみたいなものだ。

もしかして、朝から寒いことを言うんじゃないという無言の抗議ってこと？

別にこんなギャグを連発する習慣なんてないと思うけど……。自覚がないだけでけっこう言ってたりした……？　知らないのは本人だけだったってこと？

「あのさ、問題があるなら改善するからさ、意見をくれないかな？　こうやって示し合わせたように無言になられるとショックなんだけど……」

私は自分で言った言葉に引っかかった。

二人だけがこういう反応するとかならともかく、全員でこんなふうに示し合わせた反応をすることなんてありうるか？　私がしょうもないギャグを言うなんてわかるわけがないんだし。

私は座っているライカの顔の前で、自分の手を上下に動かした。

ぴくりとも動かない。

今度は座っているシャルシャの肩に手を載せてみた。

やはり、動かない。


全員が完全に止まっていた。

動かないんじゃなくて、動けなくなっていた。


まさか、私のギャグがつまらなすぎて、世界の時間まで凍《こお》りついた……？

そんな能力はさすがにない。なんらかの理由で偶然みんなが止まるのがこのタイミングだっただけだと思う。

けど、だったら、どうして私は動けてるんだ？

本当に自分のギャグがつまらなかっただけなんだろうか。

だったら取り返しのつかないことをしてしまった。

まさに笑えないことをしてしまった。

「落ち着け、落ち着け。こういう時こそ、落ち着かないといけない。みんなが消滅したわけじゃないし、戻す方法は必ずある」

私は自分自身に言い聞かせる。

まずは状況を確認しなければ。

自分のつまらないギャグを聞いたせいでみんなが止まったとしたら、そんなギャグを絶対に聞いてない人は無事なはずだ。


私は外に出ると、すぐにフラタ村まで駆《か》けていった。半開きのドアがやけに固くて動かなかったけど、些細《ささい》なことなので後回しにしておく。

結果は――全員、止まっていた。

ついでに確認したけど、野良猫《のらねこ》も動いていなかったし、飼い犬もエサを食べる格好で剥製《はくせい》みたいになっていた。

つまり、現状、私以外のすべてが止まっているのだ。

この場合の「すべて」というのは生物に限らない、あらゆるものだ。

たとえば、空の雲もまったく動いてないようだし、木の葉っぱは風を受けてなびいたままの不自然な格好だ。

生物だけが固定させられたんじゃなくて、時間自体が一切《いっさい》進んでない状態と考えたほうがいい。

「少なくとも、私のギャグがつまらなかったせいではないことになるな」

私の頭の中で罪の意識が消えてくれた。

もっとも、どうしてこんな異常事態が起きたかわからないままだし、この状況を解決しなきゃいけないから、全然安心できない。

私は誰も動かない村の広場にあるベンチに座って、ノートを広げた。

状況をメモしていく。

我ながら冷静だなと思うが、そもそも一切の音がなくて静かなので、落ち着かざるを得ないのだ。

メモの二枚目、大きな字で、

「魔法？」

と書いた。

この世界には魔法という便利なものがある。なので、科学的に起こらないようなことだって起こる可能性はある（はずだ。細かいことは知らない）。

とはいえ、時間を停止させる魔法って強すぎるんじゃなかろうか。

そんなものって存在するのかな……。使えたら、無敵じゃないか。

「どこにヒントがあるのかすらわからないけど、全世界をくまなく探しまくるしかないのか。いくらなんでもこの近所に解決法があるとは思えないしな」

「おお、やっぱりそなたは動けておるのか。朕《ちん》の見立て通りよ」

「そうなんだよね。自分が動けているっていうより、周りが止まってるって言うべきな気もするけど――あれっ？」

　私は顔を上げた。

　そこにはニンタンがいた。

「うわっ！　びっくりした！　待てよ？　神様なら動けてもおかしくないのか。じゃあ、やっぱりびっくりしない！」

「そなた、それなりに驚いておったぞ」

　特殊すぎる状況なので、反応も特殊なものになるのは許してほしい。

「というか、ニンタンがいるってことは、神様が時間を止めたってこと？　だったらすべて解決だよ。できればいつ頃《ごろ》、復旧するのか教えてほしいな」

「待て待て、勝手に朕たちのせいにするでない。こんなことやっておらん。むしろ、神じゃない存在がこんなことをしでかしたから問題なんじゃ」

　じゃあ誰がやったんだと私が聞く前に、もう一人動ける存在が出てきた。

「お久しぶり。風の精霊の件以来ね」

　白衣の女性が声をかけてきた。あまりフラタ村の世界観に似合わない服だが、絶対に地元の人じゃないし、似合わないのも当然だろう。

「ええと……たしか、海底火山の精霊のマズミさん？」

　深海にある宮殿で、半魚人に世話されながら専門的な研究を続けている精霊だ。

「そうよ。デキアリトスデっていう変な神がやってきてね、神の世界に連れていかれて、神たちからいろいろ説教されてきたところよ。次の目的地がここで、そちらの神はお付きというか監視者かしら」

飄々《ひょうひょう》としているが、説教をされたということは――

「あなたが犯人ってことですか⁉」

「犯人ではないわね。なぜなら、時間を止めることを罰する規則はこの世界のどこにも定められてないはずだからよ」

なんか理屈っぽいことを言ってるけど、時間を止めたことには間違いないな。

「そういや、過去や未来に行ける魔法を研究してるみたいなことを以前に言っていたような…」

あまりにも内容が高度でどういうことをやっているのか説明できないが、そんな研究をしていたのは確かなはずだ。風の精霊を追いかけていった時に聞いた。

「そうよ。時間に関係する実験を行ったら、時間停止が起きちゃったみたいね」

「『起きちゃったみたい』で済ませられる話じゃないですよ。やっちゃったら、大問題ですよ」

「かといって、時間を停止できる方法があるってことが広まると危険かもしれないでしょ。だから、許可を得ずに秘密裏にやるしかないわけ」

「許可を得ろという話じゃなくて、そもそも実験しないでほしいんですが……」

この人、頭はいいんだろうけど、ちょっとマッドサイエンティストなところがあるな。倫理観がズレている気はする。

「今後は気をつけるわ。それに、無許可でやったところで――」

そこで、彼女はニンタンのほうに視線を送った。

「神がこっちの思惑《おもわく》を阻止《そし》してくるから、あまり意味はないしね。別に悪用するつもりはなかったけどね」

ニンタンはマズミさんをにらんだが、何も言わなかった。

「それはそうか」

神が見張っているなら、無法なことは不可能ではある。神はこの世界におけるセーフティネットと言っていい。

「心配しないで。時間停止の解除はできるし、仮にそれに失敗したとしても、私たちより上位存在の神がどうとでもしてくれるから。時間管理の神もいるはずだし」

やはり利発な精霊らしく、マズミさんはこちらの懸念点をすべて払拭《ふっしょく》してくれた。

誰が時間を止めたのかがわかったし、解決することも容易らしいので、これで問題は残っていない。

めでたし、めでたし。

「あれ……？　じゃあ、私はなんで止まってないの？」

「そう、それなの」

マズミさんがわずかに口元をゆるめた。この人もたまには笑うらしい。

「アズサさんなら止まってない可能性がありそうだから来てみたわけ」

理由はよくわからないが、私が特例になることは想定されていたらしい。

それって私の前世が地球出身だからかな？

素人《しろうと》考えだが、ほかの世界の出身だとこの世界の魔法の一部に効き目がないというようなことがあるのではないか。

これまで魔法が効かなかったなんてことはなかったから、時間停止の魔法だけ効き目がないなんて都合がよすぎる気もするが、それぐらいしか思いつかない。

「神に準じる立場の者は時間の制約を与える魔法を逃れるらしいの」

「神に準じる⁉　おおげさすぎでしょ！」

自分の顔を指差して、私は叫《さけ》んだ。

これを肯定したら、とてつもなく面《つら》の皮の厚い奴《やつ》ということになってしまう。

けれど、よくよく考えたら、メガーメガ神様にボーナスみたいなものを与えられたことあったな……。ニンタンと戦った時のことだったっけ。

元々高かったステータスがさらに上がったと思う。

自分のことだけど、生活が激変したりしたわけじゃないから、そんなにはっきり覚《おぼ》えてないのだ。

それでも、ステータス上昇の結果、ニンタンという神に勝ちはしたから、神に準じると言えなくはないな。

「その顔は心当たりがあるみたいね。まさにそういうことよ。あなたは神ではないけど、神に近いものになる体験をしたことがあるんでしょ」

「偉そうな奴だとは思われたくないけど、そういう体験があったかと尋ねられれば答えはイエスだね……」

ここからは話を引き継ぐとばかりに、離れていたニンタンがまた近づいてきた。

「時間が止まってしまったことはしょうがないし、どうせなら時間を動かす前にそういう神に準じる者を探してチェックしておこうという話になったわけである。朕たちも神は把握しておるが、神ではないがそれに近い力を持っておる者までは把握できておらぬのだ」

「神に準じるって、精霊を探すみたいなこと？」

「精霊は動けておる確率が高そうではあるな。だが、すべての精霊がそうとも限らぬ。時間を止めたあと、マズミはほかの精霊のところに移動したりしたそうだが、どいつも止まっておったようじゃ」

「そうそう。今のところ、動いている精霊は時間を止めた本人の私以外見てないわね。ケースが数例だから一般化できるものではないけど、精霊だからといって時間停止の影響を受けないほど神に近いとは言えないということは確実ね」

厳密性を意図しての表現かもしれないが、ちょっとわかりづらい言い方だな。

どうやら精霊でも原則、時間停止の影響を受けるらしい。

「というわけで、時間が止まっている状態で、いろいろと実験を行おうというわけ。これは私もやっていいみたいだから学ぼうと思うわ」

「まあ、少し怖い気もするけど、ニンタンが見てるなら、大丈夫だと考えることにします」

「それぐらいなら好きにすればよかろう」

ニンタンもうなずいた。


マズミさんとニンタンが歩き出したので、それについていく。

見慣れたフラタ村の通りでも、誰も動いてないとかなりの非日常感がある。

歩いてる途中で時間が止まってしまったのか、右足がちょっと浮いているおじさんがいた。

「意識的に継続してたら、けっこう疲《つか》れる姿勢だな」

「ちょうどいいわね。この通行人で試してみようと思うんだけどいいかしら？」

マズミさんの言葉にニンタンはこう答えた。

「何をするか知らんがよいぞ。どうせ、何もできんからな」

すべては無駄だというような言い方だな。

「やっぱり、そうなわけね。理論上はそうなるはずだものね」

マズミさんも納得している。

結果的に私だけ取り残されている。

「アズサさん、時間が動いてない状態でできることって、ほとんどないはずなの。せっかくだし、あなたも試してみる?」

「試すって何をですか?」

マズミさんの視線は道端のこぶし大の石に向いていた。

嫌《いや》な予感がする。

「たとえば、時間が止められる設定の物語だと、そういう石を拾って通行人の足下に設置したりすると、動き出した時にこけたりするでしょ?」

嫌な予感、的中!

「そんな悪事、試したらダメです!」

私の地元で何をやらせようとしてるんだ!

「ダメだと思うわよね。でも、それは最初から不可能なはずなの。その石を拾ってみれば理由がわかるわ」

明らかに私で実験をさせようとしている……。

しかし、時間が動いてない世界で石を拾ったらどうなるのか興味はある。石を拾うだけで大ケガをするなんてことはないだろうし。

結局、私は欲望に負けて、その石に手を伸ばした。

石を持って、すぐに異常に気づいた。

「えっ？　まったく動かない！　とんでもなく重い石？　そんなわけないよね……」

巨大な岩の頭の部分だけが地上に出ているというケースもありえない。埋まっている岩じゃなくて、転がってるこぶし大の石だ。どんな材質の石だろうと片手で持てないわけがないはず。

ましてや、私のステータスはそのへんの人よりよっぽど高いわけだし……。

「動かないでしょ。ちなみに、どんなに力を入れても無駄よ」

「厳密には力を入れることができておらんのだがな」

マズミさんとニンタンが同時に知ってる立場でしゃべっている。

やっぱり一人だけ取り残されている状態だ……。

「どういうことですか？　説明を求めます」

半分ほどふてくされた顔で私は言った。

「この世界では時間が経過してないわけ。その中で、もしその石が動いてしまったら、それは時間が経過したことになるでしょ。だから、動かせるわけがないの」

「え……？　わかるような、わからないような……？」

思考実験を実際にやってるような変な環境だな。

「なので、たとえば動いてない人間に、動いてる者が攻撃を加えるということも絶対にできないので安全なの」

マズミさんは握りこぶしを通行人のおじさんの顔に軽くぶつけた。軽くでも、いいことではない。

「ちょっと！　それ、時間が動き出したら痛がるやつじゃないですよね⁉　威力はものすごく弱そうだから大丈夫かもしれないけど……」

「だから、痛いわけはないの。実際には時間が動いてないから、何かが運動することもないし、運動がないなら力も発生しないので、どんなに全力でぶつかったところで攻撃力はないの」

「ええと……目的地まで速く走って到着時間を短くすることはできても、一切時間がかからないようにはできないってこと？」

陸上競技で新記録が出ることはあっても、0秒でゴールする選手は永遠に出ないようなものか。

「そういうこと。なので、時間を止めてる間に他者に影響を与えるということもできないわけ。おそらく、ドアを開けられなくて困ったりしたんじゃないかしら？」

その時、とある記憶がよみがえった。

「そういえば、半開きのドアがそれ以上開くことも閉まることもなかったな……」

「そう。ドアが動いてしまったら、それは時間が経過していることになるから、時間が止まった世界では動かせないわけ」

サンドラがちゃんと閉めてなかったドアだが、あれが閉まっていたら動かせないから出られなかったのか。

しかし、当然の疑問が頭に浮かんだ。

「でも、私たちはこうやって動いてるわけだけど、それはなんで？」

時間停止の実験を行ったマズミさんや、神のニンタンや、ステータス的に神に近いものという扱いになってる私が動ける状態なことまではわかる。ていうか、事実として動けているし。

しかし、動けている原理まではわからない。

もしかすると「神だから」とか「魔法だから」みたいな雑な説明で片付けられるのかもしれないが。

「よいところに気づいたの」

「なかなか筋がいいわね」

また、私一人だけ教わる側だ……。

「アズサさんの言うように、普通の筋肉を可働させての移動だったら、時間経過が必要なはずだから、私たちが動いているのはそれとは違う理屈に基づいてることになるわ。胸に手を当ててみて」

マズミさんはそう言って、その手を白衣の上に当てた。

私もそれを真似《まね》て自分の右手を、おなかの上のほうに当ててみた。

「心臓の音が感じられないはずよ。だって心臓が動くには時間経過が必要だから」

「あっ、ほんとだ！　動いてない！　なのに生きてる！　アンデッド的感覚！」

別に、日常の中で自分の心臓が動いてるか気にしている人はあまりいないと思うが、確認してみて止まっていることもなかなかないだろう。

「ほかにも、音を発することだって時間経過が必要だから、今の私たちはノドを動かさずにしゃべってるの。いわば一種のテレパシーみたいなことをやってるのよ」

「ううむ……。そう言われると、もぞもぞしてきた……。本当にアンデッドにでもなったみたい……」

「アンデッドというのは、案外近い言葉かもしれんな。そなたたちは死んでもなければ、生きてもない特例ということで、停止した時間の中で活動できておる。本物のアンデッドなら、今はたいてい止まっているがな」

「ってことは、やっぱり奇跡みたいな解釈でしか説明できないってことか」

少なくとも科学的な解説は無理なことらしい。

「だから、今、動ける者は神か神に準じる者ということなのじゃ。極《きわ》めてレアケースなので、探しておくのじゃ」

「ああ、ようやく理解できた」

今、動いてる神以外の者がいたら、それはまさに神に近《ちか》しい存在なのだ。

「もし、そんなのが悪さをしようとしてたらよくないし、調査はしておくべきだね。神に準じる者が悪さをするかもってチェックするのも変な話だけど」

「原則、悪人が神に近づくようなことはないので、あからさまに悪い奴が動いておるとは思えんがのう。それでも真摯《しんし》に危険思想を抱いてるようなのもおるかもしれんし、チェックが必要じゃ。全世界で神が調査を行っておる」

「なるほどな」

たとえが悪すぎるけど、外来生物がどれぐらい増えてるかの調査みたいだ。

「ちなみに、何日ぐらい時間が止まったままなの？」

この私の質問にはマズミさんのほうが答えた。

「時間が止まってるんだから、何日なんて計測もできないわよ。時間がたってるような気にはなるかもしれないけど、まばたき一つ分も時間は経過しないから」

「あっ、そうですね……。こんな状況は初めてだからまだ言葉で理解できても、意識が追いつかなそう……」

「たしかにこの状況での時間を計測する手段もほしいけど、なかなか難しいわね。もし精神に異常が見られるようなら、どうにかするからそこは安心してね」

「そのマズミという精霊はあまり信用できんが、朕が見ておるので安心じゃ」

この少人数でもあまり信頼関係を築けてないって、大丈夫なんだろうか。

「さて、そうそう同じ場所に動いてる奴なんておらんであろうし、ほかのところに場所を移《うつ》すとするかの」

ニンタンは違うところに向かう腹づもりらしい。

「私の家族も全員止まってたしな。このへんではもう誰も動いてな――」

すると、誰かが走ってくるのが視界の隅《すみ》に入った。

「アズサさ～ん、みんな止まっちゃって気味《きみ》が悪いっス！」

「ミスジャンティーが動いてる！」

失礼ながら神に近い精霊とは思えないけど……。私もひょいひょい動いてるんだから大差ないと言えばないか。

「おお、そなたは人間にそこそこ信仰されている松の精霊であるな。昔からそこそこ信仰されているために、神に準じる存在の側に入ったわけか」

やけにニンタンがそこそこであることを強調した。

「何かとんでもないことが起きてるみたいっスけど、どういうことっスか？　ドアが開かないから、精霊の力で外に出たっスよ」

そっか。精霊なら建物に閉じ込められるということもないわけだ。

そういや私も近い場所への瞬間移動はできるから、ドアが閉まっていても家から出ることはできたんだな。出る手段がないとわかったら、魔法で外に出る方法を思いついて実行していただろう。

マズミさんとニンタンが状況を説明した。私が聞くのは二度目だが、まだ新鮮な驚きがある。

「にわかに信じがたいっスが、本当に止まってるんだから信じるしかないっスね。それにしても動けてよかったっス。そこそこ長期間、信仰されてたおかげだと思うっス」

本人もそこそこと言うのか。

「けど、これはチャンスかもしれないっスね！」

ミスジャンティーが意識が高そうなきらきらした目になった。

「みんなが動かない間に世界中の料理の本を読んで勉強しまくれば、料理知識で無双できるっス！」

「悪質なこと考えてる！」

やけに楽しそうに言ってるけど、みんなが動けない隙を狙《ねら》うのはセコいぞ。

「無理よ。本を開くことができないし、書庫から本を取り出すことすらできないから。物には干渉できないの」

マズミさんが無表情のまま言った。そういえば、そうだった。

「くそ～！　上手《うま》くいかないっス！　でも、各地の調理中の厨房《ちゅうぼう》に入り込めば、この目でどんな料理を作ってるか見ることはできるっスよね？」

「こやつ、熱意はあるのに、基本的に邪道《じゃどう》であるな」

ニンタンの感想は言い得て妙だと思う。ミスジャンティーの熱意は本物だが、いろいろと狡《こす》くて、小賢《こざか》しいのだ。

「時間を止める間に大きな悪事を働く存在はいなそうだけど、こういうルールの隅を突こうとする者もいるから、やっぱりチェックはしたほうがいいわね」

マズミさんと神の知見がミスジャンティーのおかげで広がった。

「それでは、今度こそ場所を変えて、そなたらのような者がおらんか調べるぞ。アズサが住んでおるナンテール州とほか三つの州が朕たちの調査範囲である」

「さらっと言ってるけど、相当広い！」

繁華街だけを確認するのならまだしも、森にぽつんとある一軒家の中まで確認するなんてことだと、いつまでたっても終わらない気がする。

「それなら、任せよ。神の力で高速で確認していく」

ニンタンがそう言った次の瞬間――

私たちは知らない町にいた。

また、次の瞬間――

野原にいた。

今度は――

森の中にいた。


「ちょっとちょっと！　ペースが速い！　それと、脈絡なく移動してない⁉」

森の中からまた移動する前に私は声を出した。

「そんなことはないぞ。周辺に動いておる者がいるかどうかぐらいは神の感覚でわかる。漏《も》れることはない」

「けど、さっき、ミスジャンティーに気づいてなかったんじゃない？」

ニンタンが顔を赤くした。

「それは……すでにアズサがおったので、わかりづらかったせいよ……。近い場所にほかに動いておる者がいたから、わかりづらくなったのじゃ……」

神だからといって無謬《むびゅう》ではないということだな。

神はそこそこ無謬じゃない、ぐらいで考えておこう。

◇

そのあとも私たちは高速で場所をひょいひょい移動していった。

ニンタンはそんなに時間がかからないというようなことを言っていたが、たしかにナンテール州の調査が終わるまで、体感時間（実際には時間が経過してないのであくまでも体感）で三十分ぐらいだった気がする。

それぐらい、次々に目の前の景色が入れ替わるのだ。

たいていの場合、景色は大幅に違ったものになっているので、ニンタンが一度に把握できる範囲はかなりの面積らしい。

これなら休憩時間をはさまなかった場合、二時間ほど（しつこいが、あくまでも体感時間であって本当に二時間経過するわけではないが）でノルマが終わるので、たいした仕事ではない。

休憩時間をはさまなかった場合といちいち言ったということは、休憩をしたということだ。

あまりに高速で移動しまくるとニンタンも疲れるのだろう。私も目がちかちかしてきた。

ちなみに休憩場所は普段なら、とてもゆっくりできないところだ。

私たちは湖《みずうみ》の上にいた。

「なんか、不思議《ふしぎ》な気分だね」

私は湖面に寝転がって、空を見上げた。

湖の上で低空飛行しているみたいだが、厳密にはそうではない。

もちろん、凍りついた湖面に立っているわけでもない。

マズミさんいわく、「時間が経過しなきゃ水に沈むこともないから、今の状態でなら水上を移動することも問題ないはず」とのことだ。

言葉だけ聞いたらそんなことできるのかと思うところだが、現実にそうなっているのでしょうがない。

ニンタンは物珍しいことでもないからか、空中に浮かんでいる。

マズミさんは後ろに手を出して体を支えるような格好をしている。表情に変化がないのでつまんなさそうだが、別にそんなことはないのだろう。

そしてミスジャンティーは――湖の水面に入っていた。

「えっ？　沈んじゃうの？　どういうこと？」

すると、ミスジャンティーは湖面の上に出現した。上がってきたというより突如《とつじょ》出てきた感じだ。

「どうかしたっスか？　中に入れるかなと試してみてたっス。実験は見てのとおり、成功っス」

「水の中にも入れるのか……。息ができないいんじゃと思ったけど、私たちって息はしてないんだよね」

「だんだんわかってきたわね」

マズミさんがこっちを見もせずに言った。何があったかは十分通じているのだろう。

「私たちは、時間が止まってる世界のとある地点に自分を設置してるだけ。いわば、チェスの特定のマス目に自分を置いてるようなものなの。チェスの場合は盤面は二次元だけど、この世界は三次元なので水の中にも自分を設置できるということ」

「それだと、すでに存在してる水に影響を与えちゃうから無理なんじゃないんですか？　まあ、できちゃってますけど……」

「今、存在している私たちには質量はないし、実体もないの。だから、水の中のマスに松の精霊は入っただけということね。入ろうと思えば地面の中でも問題ないし、大気が存在しないはるか上空にも出現できるわよ。少なくとも、理論上は大丈夫」

開発中のゲームにいるような気がしてきた。

「ああ、あまり変な場所に行こうとするな。それは何かとよろしくない。脱出できんというようなことが起きても責任とらんぞ」

ニンタンがストレートに止めた。問題があるらしい。

「そなたらは石に入り込んで生活したことはなかろう。想像ができない空間に移動した時に、精神にどんな影響が出るかは読めぬ」

肉体は無事でも、精神がどうなるかはわからないということか……。冗談で宇宙空間に飛び出すとかはしないほうがいいな。

それはそれとして、私にはまた別の疑問が浮かんだ。

「あの、マズミさん、それだと私たちの体も存在してないってことになりません？　時間経過もなしにどこにでも出現できるって、それは肉体がないのと同じですよね？」

「いいことに気づいたわね」

ようやくマズミさんがこちらを向いた。

研究の話になっているからか、少し楽しそうでもある。

「そういうこと。理論上は私が時間を止める実験に成功した途端、私の存在は実体を持たないコマに変質してるはずなの」

その説明はこれまでで一番ぶっ飛んでいた。

「門外漢《もんがいかん》の意見だけど、どこかおかしい気がするんですよね。同じ人がいきなり実体を持たないものになるなんて不自然すぎる……」

それこそ、キュート・アビスに変身するみたいな、見た目の変化ぐらいはほしいところだ。キュート・アビスになりたいわけでは一切ないが。

「そうね。自己同一性の問題は考えるに値《あたい》するわね。私が言えるのは、時間が止まるという異例の状況下においては、常識的思考だけでは対応できないということぐらいね」

「それはそうなんでしょうけど……ううん、難しい……」

私が悩んでる横で、ミスジャンティーはあくびをしていた。

あくびをするってことは、空気が関与しているのではと思うが、肉体があると思い込んでの反応なのか？

「まったく……。研究熱心な精霊のせいで、神としてもいい迷惑である」

ニンタンの言葉は、プレイヤーにゲームを解析されすぎて腹を立てているゲーム開発者のようだった。

時間を止めるというのは割とバグ技に近いところがあるのではないか。

ここでゲーム的だと考える私の存在もちょっと迷惑かもしれないが。

「いつかは私みたいな、世界について疑問を持って、それを解き明かそうとする奴は出てくるわ。それは時間の問題だったのよ。私は神から直接クレームが来たから次からは気をつけるけど」

これはマズミさんのほうはまったく反省してないな。

おそらく悪事をやったわけじゃないから反省する前提がないとでも思っているんだろう。

私としては巻き込まれているので迷惑を受けている側だが、ここは意外な状況を体験できてラッキーだと考えるべきか。

私は立ち上がって、湖面を歩いてみた。

繰り返しになるけど、ほんとに不思議な気分だ。

不思議としか言いようがない。

たとえば、ロマンチックとか夢心地とかぞっとするとか気持ちを表す言葉はいくつもあるが、どれも当てはまらない気がするのだ。

私たちは何かあった時、こういうケースはこんな感情になるものだということをだいたい知っている。壁に大きな蛾《が》が止まっていたら気味悪いと思うとか、どういう気持ちになるかも学習しているわけだ。

けど、時間が止まった世界で水の上を歩く時の気分がどういうものか、誰も知らない。最初の第一歩すぎる。

よくわからないというのも、立派な感想ではあるのか。

水面の下をのぞきこんだ。そこまで代わり映《ば》えがない気がした。

かといって空を見上げると、もっと変化がない。

「動いてないというのは、けっこう退屈なものかもしれないな」

率直な感想が声に出た。

「そう、私も同意見だわ」

いきなり私の横にマズミさんが出現していた。

「まさに変化がないから、どうにも盛り上がらない。自分が作ったつまらないルールのゲームを一人でやってるみたいだわ」

「時間を止めた本人が言うからには本当にそうなんでしょうね」

じゃあ、やるなよと言いたくもなるが、時間が止まった時にどういう気持ちになるかなんて止めてみないとわからないか。

「今度からはあまり止めないようにするわ。少なくとも、神からの許可を得てからにする」

「なら、安心です」

湖面の散歩をしてニンタンのところに戻った。

どうやら私たちのことを待っていたらしい。

「休憩もしたし、残りの作業もやろうか」

「いや、ゆっくりしている間にほかの神が見てくれたようで、もう終わった」

「えっ！　それはなんか申し訳ないな……」

サボってる間にほかの担当者に仕事をさせてしまったような感覚だ。

まあ、私の場合、無給だし責任者でもないし働く義理はないんだけど、肩代わりしてくれたほかの神にはお礼は言っておきたい。

「デキアリトスデがやけにはりきって、調べ回ったようじゃ。あやつは地底で神っぽいものを創ることまでしておったし、慣れておるのであろう」

「ああ、デキさんならその可能性はあるな」

プロティピュタンみたいな存在を生み出したのもデキさんだったはず。

「あいつの仕事も終わっておるし、呼んでみるか」

私たちの前にデキさんが出現した。

まさに神出鬼没《しんしゅつきぼつ》というか、突如出てくる。前触れも余韻もない。

「イエーイ！　アズサさん、お久しぶりデース！」

「相変わらず、テンションが高い！　それと、仕事をやってくれてありがとうございます」

お礼をすぐに言えたのはありがたい。

「はりきっちゃったデース。そうそう、ワターシの知ってる存在も神に近い立場だったとオフィシャルに今回わかりマシータ」

つまり、誰かが動いてるのが確認できたのか。

それって、プロティピュタンのことじゃなかろうか。

プロティピュタンは半神という特殊な立ち位置だったからな。ついに正式にその立場を認められたわけか。

それなら時間が止まるのも誰かにとってはありがたい契機だったことになる。

魔法僧正として、少しぐらいは祝《いわ》ってあげるか。

「あの、デキさん。せっかくだし、プロティピュタンにあいさつに行きたいんだけど、いいかな？」

「オーケー！」

ノリノリのデキさんがそう言うと、もう私たちは違う場所に飛んでいた。

前に行ったばかりのベーティア神殿の近くだ。

そうか、ここにプロティピュタンの神殿を作る権利をもらっていたな。工事中の建物が見えるけど、神殿建設作業だろうか。

近くにプロティピュタンも立っていた。早速、声をかけてやろう。

「よかったね！　これはほぼ神であることが証明されたと言っていいよ」

返事がない。

精巧なフィギュアみたいに反応がない。

「時間が停止した側になってる！」


プロティピュタン、認められなかったのか……。かわいそうではあるが、しょうがないか。神を目指して精進してくれ。

「よかった。自分以外にも動ける方がいたのですね」

ホルトトマさんが私のほうに寄ってきた。

ああ、ホルトトマさんはこの状況でも動けたんだ。

ん？　待てよ……？


プロティピュタンは止まったのに、ホルトトマさんは神に近いと認められたのか！


これ、正式に主従が逆転してしまったのでは……。

「もしかすると地中で修行をしていた時にもこのようなことがあったのかもしれませんが、地上に戻ってからは初めてのことです。どうしていいかわからず、一人で祈りの言葉を捧《ささ》げていたのですだと……」


「あの……ホルトトマさん。ここに座ってください」

「ありがとうございます」


が……」

なんて真面目《まじめ》な心がけなんだろう。

「ええと……どうやらそのうちみんな動くと思うから、もう少し待っててください……」

詳《くわ》しく説明するとホルトトマさんとプロティピュタンの関係に影響しそうだから、お茶を濁《にご》した。

「時間の流れを感じられないのは地中にいた時も何度もありました。その時のことを思い出して、精進するだけです。経典の言葉を口にしていれば、自然と不安や恐怖も抜けていきます。声を出しながら不安を自覚し続けるのは難しいですから」

そう言ってホルトトマさんは手を合わせて、目を閉じた。

「たしかに、あなたは聖人です」

これは時間が止まっても動ける人材だ。

そんな話をしている横でデキさんと会話中のニンタンの声が聞こえてきた。

「それでは各地の調査結果も揃ったようだし、時間を復帰させるとするか」

えっ？　そんなに雑に時間を戻すの？

そこはもうちょっとタメがほしいんだけど――

◇

「母さん、それはいくらなんでもつまらなすぎる。言葉遊びにしても、かかってるところが『チャ』だけでは発音として短すぎる」

シャルシャにまっとうにダメ出しをされた。

おや？　これは高原の家の中だ。

私は手にポットを持っている。

そっか、「お茶はちゃ～んとあるよ」と言った時に戻ってきたんだ！

「だね、時間が凍りつきそうなほど寒いことを言っちゃったよ」

幸い、どんなつまらない発言をしても、それで時間が止まることはないので安全だ。

「あっ、ドアが開いたままだったわ」

サンドラは自分が入ってきた時のドアが開いていることに気づいて閉めに行った。

「あのドアが閉められた後だったら、もっと混乱しただろうな……」

「姐《ねえ》さん、どういうことですか？」

天井《てんじょう》のほうからロザリーが尋ねてきた。

「ううん、なんでもないよ」

この世界に来てトップクラスに珍しい体験をしたなと思いました。

ぬいぐるみの品評会に行った

She continued destroy slime for 300 years

「うん、よく成長しましたわね」

パールドラゴンのオースティラが、じっとゾウのぬいぐるみのできばえを確認してから、力強くうなずいた。

強張《こわば》った面持《おもも》ちのライカの表情がぱっとほぐれる。

いわば師匠《ししょう》に認めてもらったようなものだものな。

ライカはオースティラにぬいぐるみ制作を学んでいる。オースティラはぬいぐるみギルドで親方の地位にある優《すぐ》れたぬいぐるみ職人なのだ。

「ゾウのデフォルメがよくできていますわ。誰《だれ》が見てもゾウだろうとわかるものでありつつ、ちゃんとかわいいものになっています。これならぬいぐるみが作れると誰にでも公言できますわね」

「ありがとございますっ！」

ライカが頭を下げる。

いわば、免許皆伝《めんきょかいでん》ということか。

後ろで見ていた娘たち三人も歓喜の表情になっていた。

「やったね！　ライカお姉ちゃん！」

ファルファがゾウのぬいぐるみのそばまで走り寄って、合格点をもらったゾウをじっと鑑賞する。それにシャルシャとサンドラも続いた。

やっぱり子供にぬいぐるみは人気なのだ。大人でもぬいぐるみ好きはたくさんいるはずだが、子供のほうがよりファンは多いと思う。

「ゾウは犬や猫のように実物を近くで観察して、ぬいぐるみを作るわけにもいきません。それなのに、こんなにファンシーなゾウを作れるというのはたいしたものですわ。つまり、頭にあるイメージをしっかりと形にする能力があるということです」

オースティラが講評を述べる。

「あぁ……それは小さなゾウを知っていたのでその見た目を思い出したりして、制作しました……」

南のほうにいたハナツカワンゾウのことだろうな……。

この世界にはぬいぐるみのモデルにちょうどいい小型のゾウがひっそりと暮らしているのだ。ひっそりというのは、あくまでもほかの土地に住んでる人間の感想であって、ゾウ本人たちは人に知られてない故郷でごく自然に暮らしているのだが。

「どちらにしろ、このゾウのぬいぐるみは十分なレベルに達していますわ。親方として認定いたします」

オースティラはなにやら金属の勲章みたいなものをライカの手に渡した。

「それはぬいぐるみ職人の証しです。ライカさんをぬいぐるみ職人であると認めますわ」

「我《わ》がぬいぐるみ職人に……」

ライカはじっとその小さな勲章を見つめている。

きっと、その小さな勲章が今のライカにはとても重いものに感じられていることだろう。

これはお祝《いわ》いで何か買ってきたほうがいいかな。

フラットルテにお菓子《かし》を買うとだけ言って、一緒に向かうか。ライカのためと最初に言うと、乗車拒否をされる危険がある。祝う気があっても、そのために何かするとなると恥《は》ずかしくなってしまうことはあるからな。

でも、もう少し感動しているライカを見ていてもいいだろう。

「まだまだ未熟なのは我も自覚していますが、それでも成長が実を結んだという実感がこの認定証から得られます。今後とも、一層精進していく所存です！」

「当然です。それはぬいぐるみ職人の入り口に立つ権利を得たという意味しかありませんわ。これでプロだといきがっていては鼻で笑われます」

オースティラが師匠っぽいことを言った。

ぶっちゃけ、私よりライカの師匠っぽい。師匠をやってる種目が違うけども。

「これから研鑽《けんさん》を重ねて、一歩一歩高みを目指していきたいと思います」

こんなふうにライカは弟子《でし》として百点満点の答えを返してくるので、師匠側としても楽しいだろうな。

お祝いのお菓子をすぐ用意することはできないので、とりあえず「食べるスライム」を間に合わせで出した。

……ドラゴン用に三十個ぐらいお皿に載せるか。この場合、見映《みば》えよりも数が大事だ。

なんだかんだでこの家も来客が増えて、お菓子を常備しておく必要が出てきたように思う。

オースティラは早速「食べるスライム」に手をつけた。ライカは両手に「食べるスライム」を持っていた。食に関しては優雅さも謙虚《けんきょ》さもないのがドラゴンスタイルだ。

「さて、ところで今度、ぬいぐるみギルドの品評会があるんですわ」

もぐもぐしていた口をお茶できれいにしてから、オースティラが言った。

品評会か。そりゃ、ぬいぐるみのギルドがあるぐらいだから、品評会もあるよね。

「ライカさん、あなたもぬいぐるみ職人となったのですから一度その目で見ておくべきですわ」

「わかりました！　ぜひ、参加します！」

話が早い。

まあ、ぬいぐるみが並ぶと考えると、それは展示会としても楽しそうだ。

すると、ファルファが大きく右手を挙《あ》げた。

「はいはーい！　ファルファも行きたい！」

そりゃ、子供が興味を持つ内容だよね。

「いいですわ。品評会は一般の方の参加も受けつけていますから」

オースティラが笑顔でうなずいた。

「だったら、ちょっと見てみてもいいかもしれないわね」

椅子《いす》に座らずに床で話を聞いていたサンドラも反応した。ぬいぐるみが並ぶのが気になるようだ。

シャルシャはすでに品評会の場所がどこなのかオースティラに質問していた。これで行きたくないってことはありえないだろう。

よし、子供たちも連れていくか。

「ライカ、子供三人と私一人で乗れるかな?」

「そうですね。無理ではないですが、念のためフラットルテと分乗してください。帰りに荷物ができた場合、難しくなるかもしれません。いいぬいぐるみがあれば、研究のために買って帰りますので」

ぬいぐるみの購入が研究目的になる仕事って夢があるなと思った。私の場合、研究で買うとしても、乾燥した草とか種だからな……。まさに花がない。

こうして、私たちは品評会に行くことに決めた。

◇

品評会の会場は過去に行ったことのあるぬいぐるみ寺院から、そこそこ近い場所にあった。

近いといっても四十キロは離れていたが、ドラゴンに乗った感覚だとすぐそばという印象だ。

入り口からたくさんのぬいぐるみが並んでいて、何の会場かすぐにわかるようになっている。

王道の猫や犬、それにウサギだとかの動物のぬいぐるみが壁にかかっている。

この世界だと有名なアニメがあるわけではないから、キャラを扱ったぬいぐるみがないというのもあるだろう。そうすると、必然的に動物のぬいぐるみが増える。

ここでいきなりテンションが上がっているのはサンドラだろう。

大きな声ではしゃいでいるわけではないが、視線があっちへ行ったりこっちへ行ったりして、ぬいぐるみを一体も見逃すまいという姿勢でいる。

一方、シャルシャはささささっとノートにスケッチをしている。

どうやら、会場がどんな雰囲気《ふんいき》のものかを描き残そうとしているようだ。こちらも熱心だが、熱心さの方向がまた違う。

そしてファルファはというと――


「あっちでぬいぐるみもらったよ～！」


頭に子犬のぬいぐるみを載せていた。ただ、載せるだけだと落ちるので、紐《ひも》で固定しているようだ。でも、そんなことはどうでもよくて――

「おお、かわいいよ！　ものすごくかわいい！」

ぬいぐるみがファルファにものすごくマッチしている！　これは本当にいい！

「品評会に来場いただいたお子さんには小さなぬいぐるみをプレゼントしていますわ。よかったら、シャルシャちゃんとサンドラちゃんももらってきてください」

「オースティラ、これは素晴《すば》らしい趣向だよ。百点満点中二百点！」

「アズサさんも楽しまれているようでなによりですわ」

オースティラは品評会にも来慣れているのか落ち着き払っているが、こっちとしてははしゃぎたくなる。

私が何か言う前にシャルシャとサンドラもぬいぐるみをもらいに行った。

ただ、どうやら何がもらえるかはランダムであるらしく、サンドラはむすっとした顔をして戻ってきた。

「何よ、これ……。なんで敵を身につけないといけないわけ？」

サンドラが頭を指差して言った。

そこには牛のぬいぐるみが載っかっている。

「草食動物に当たってしまったか……」

「まっ、これはこれでそのへんの草には負けないという意思表示になると思わせてもらうわ。それにシャルシャよりはわかりやすいし。これって海にいる奴《やつ》でしょ？」

シャルシャの頭にはフグとおぼしき魚が載っている。

前世にこういう見た目の魚に詳《くわ》しい芸能人がいた気がするぞ。魚類に敬称がついたみたいな名前の……。言っても誰にも伝わらないからいちいち言わないが。

「海にはいない。これは淡水域にいるフグの仲間」

やっぱり詳しいな……。フグのぬいぐるみを見て海にはいない種類だなんてぱっと出てこないぞ。

「それは屁理屈《へりくつ》でしょ。魚だってことが言いたいのよ。陸にすらいない生き物なら怖くないわ」

サンドラが陸に棲《す》んでるほうが偉いという謎《なぞ》のマウンティングをしている。

「だが、このフグには毒がある。陸の生物でも致命的な影響が出る。その牛が死んでもおかしくない」

「むっ……。毒なら植物も持ってるのがたくさんあるんだから。それに牛をつけたくてつけてるわけじゃないからねっ！　ハズレが当たっちゃったんだから、しょうがないでしょ！」

なんか、牛がかわいそうだな……。

それと、ここは親らしくしつけないといけない気がする。

私はサンドラの正面に回り込んで、目線の高さがサンドラに重なるようにしゃがんだ。

「サンドラ、そのぬいぐるみも一生懸命作ってくれた人がいるんだからね。牛が好きじゃないのはしょうがないけど、ハズレなんて言い方をしないの。作ってくれた人に敬意を払わないとダメだよ」

ぬいぐるみに罪はないので、物を大切にするというか、作ってくれた人への感謝の姿勢は持つべきだ。

「サンドラがぬいぐるみを作って、それをハズレって言われたらつらいでしょ？」

「うっ……うぅ……」

いきなり注意されてショックだったかな。

でも、こういうところを放《ほう》っておくと、性格の悪い大人（？）になってしまうかもしれないので見過ごせない。

サンドラは観念したのか、

「わ、わかったわよ……。牛でも大切にするわ。それにこの牛は草をかじったりはしないし……」

素直に自分の非を認めてくれた。よし、それでいい。

「わかってくれればいいよ。よしよし」

牛がいるから、頭を撫《な》でづらいな。後頭部だけ撫でるという変な動きになってしまった。

「各地を放浪してる時に、牛にかじられたことがあって好きになれないのよ……」

「本当に牛の嫌《いや》な記憶があるのか……。だったら、多少はしょうがないかな……」

人間では想定できないトラウマがあったりすることまで先回りして考えきれないぞ。子育てって難しいな。

「間違いは誰にでもある。むしろ間違わない者などいたら恐ろしい。大切なのは間違いをいかに修正していけるかの能力のほう」

シャルシャが学校の教師みたいなことを言ってるが、いい言葉だ。自分の職業柄、魔女でたとえるけど、自分の調合は一度も間違ったことがないと言い張っている魔女の作った薬のほうが危なっかしそうだしな。

入り口のところで時間を食ってしまったと思ったが、ライカはオースティラとぬいぐるみ談義をしていた。待ちくたびれているという感じはなくて助かった。

「そしたら、品評会にはあらゆる流派の方が来てらっしゃるんですね」

「そうですわ。最初のうちからぬいぐるみギルド内部の話をするのも余計だろうということで、ライカさんにも伝えていませんでしたが、ぬいぐるみの世界にもたくさんの派閥があるんですわ。わたくしの所属しているのは、菱縫《ひしぬ》い流です。最大派閥ですから、石を投げれば菱縫い流に当たりますけれどね」

私は横で聞いていて、茶道みたいだなと思った。

ところで菱縫い流って名前の由来は何だろう？　縫い目を見ると、菱形が並んだみたいにクロスしているとか？

子供たちも無事にぬいぐるみを獲得したので、ようやく中に入れる。

でも、一人足りない。

「あれ？　ライカ、そういえばフラットルテは？」

「フラットルテは屋台が出ていると聞いて、そっちに行ってます」

「見もしないのか……」

強制的に見せるものでもないから、別にいいか……。

品評会の会場は外側以上にぬいぐるみであふれていた。

はっきり言って建物の壁や柱と机以外は全部ぬいぐるみと言っていいかもしれない。

フグのぬいぐるみを配ってるぐらいだから、あらゆる動物がぬいぐるみ化されていた。虫すらデフォルメされた姿でぬいぐるみになっていた。

子供が猫や犬のミニぬいぐるみをもらえると思って、虫のぬいぐるみだったら泣き出したりしそうだな……。

さすがに犬とよくわからん昆虫、どっちもいいでしょとは言いづらいぞ。言ってるほうも屁理屈に感じるもんな……。

魔族のぬいぐるみが並んでるところもあった。

「アズサ様、それ、ベルゼブブさんに似ていませんか？」

「ほんとだ。ベルゼブブに近い魔族がモチーフなんだろうね」

「あちらはリザードマンだと思いますが、少しドラゴンっぽいですね」

「ライカすら似てると思うんだったら、一緒に見えちゃう層もいそうだね」

「あっちは、焼いた鶏肉《とりにく》のぬいぐるみでしょうか……？」

ライカが指差したところには、たしかに焼いた鶏肉としか思えないものがある。

「ほんとに、何でもぬいぐるみにしてやろうって気持ちを感じるな……」

「アズサさん、その言葉はなかなか的を射ていますわ」

オースティラになぜか褒《ほ》められてしまった。

「ぬいぐるみも歴史が深いですから。多くの試行錯誤を重ねて、真のぬいぐるみとは何かを求めて切磋琢磨《せっさたくま》をしてきました。その過程で意外なものがぬいぐるみになってきたんですわ」

「なるほど……。なかなか奥が深いんだね……」

ぬいぐるみの世界についての知識が全然ないため、無難な表現で逃げた。知らないうちに失礼なこと言っちゃいそうだからな。少なくとも、「かわいければそれでいいんじゃないの？」とか言ったら絶対ダメな気がした。

「もっとも……」

オースティラは疲《つか》れたようなため息を吐いた。

「探求の方向がズレてしまい、悪《あ》しき世界に進んでしまったぬいぐるみ職人も珍しくないのですが」

「悪しき世界って、いったい何⁉　ぬいぐるみに魂を植えつける実験でもするの……？」

「アズサ様、以前にぬいぐるみの中に悪霊の魂はたくさん入っていましたから、それは普通なことかもしれません……」

「あれはあれで異常だったと思うよ？　あと、追い求めるようなことではない……と思いたいな」

この世界でぬいぐるみに魂を入れるのは比較的簡単ではある。ぬいぐるみに入りたい悪霊さえ見つけてくればどうにかなる。悪霊って一般人がいくらでも見つけられるものではないはずだが。

その時、急に場の空気が冷たいものに変わった。

「おやおや、菱縫い流のオースティラさんではないですか」

声のしたほうに目をやると、中高年のいかにも業界の大御所といった雰囲気の男が弟子みたいな連中を従えていた。髪型が総髪《そうはつ》っぽいので、余計に大御所っぽい。

「おや、窓際《まどぎわ》流のケンズルーさんではありませんか。菱縫い流を抜けて、すっかり生え抜きの窓際流という顔をしてらっしゃいますわね」

敵意のこもった目をオースティラはケンズルーという男に向けた。

「窓際流のほうが真のぬいぐるみに近いと思ったから乗り換えたまでのことです。あなたのほうこそ、それだけの腕があるなら菱縫い流では真理にたどりつけないと気づきそうなものだが」

「あなたたち窓際流は間違ったものを真理と勘違いしているだけですわ。あなたたちから見れば自分こそが正しく見えるからしょうがないのでしょうけれど」

なんか、バチバチにやりあってるみたいだけど、ぬいぐるみの話にしてはおおげさすぎないか⁉

ぬいぐるみなんてかわいければそれでいいんじゃないの？

本気でそう言いたくなってくるが、言ったらまずいよな。それぐらいはわかる。

あと、窓際流って閑職に追いやられてる人みたいな名前だけど、それでいいのか？

「どっちも譲らないようですから、ぬいぐるみ対決ですべてを決めるとしよう。オースティラさんも親方勝ち抜き戦には出場されるのでしょう？」

「ええ。そのつもりですわ」

親方同士では自明のことになってるけど――

親方勝ち抜き戦って何だ？

「では、オースティラさん、そこで白黒をつけましょうか。菱縫い流も、裏菱縫い流も、糸切りハサミ流も、ネズミさん流も、キツネさん流も、すべて窓際流が叩《たた》きつぶします」

後半の流派の名前だけ妙にかわいいな！

不敵な笑みを浮かべて窓際流の人たちは去っていった。

「思った以上にいろんな流派があるんだね……」

「そうですわね。わたくしから見ればいろんな方向に迷走してるだけという気しかしませんが」

たしかに業界の重鎮《じゅうちん》みたいな空気を出してる人って、かわいいぬいぐるみを作りそうな印象はないな。

「あの……先ほどの親方勝ち抜き戦というのは……？」

ライカが尋ねる。

「その名前のとおりのものですわ。わたくしも毎年出場して何度も殿堂入りしています」

「あの、名前のとおりと言われてもあんまりピンと来ないのでルールを説明してもらえるかな？」

ぬいぐるみに勝ち抜きや殿堂入りのイメージがない。

「親方勝ち抜き戦は一対一のぬいぐるみ対決ですわ。勝ち残り形式で、勝者は次の対戦相手のぬいぐるみと対決します。常に新しい対戦相手が出てくるので勝ち続けるのは大変ですが、四回防衛すればその時の品評会の殿堂入りになりますわ。殿堂入りと言っても、次回の親方勝ち抜き戦にはまた出場できますけれど」

なるほど。ルールに関しては把握した。四回防衛ということは、挑戦者として勝った時を含めて五連勝すれば実力者として扱われるということだ。

だが、根幹でわからないところがある。

「ねえ、ぬいぐるみ同士でどうやって対決するの？」

悪霊が入り込んだ動き回るぬいぐるみならケンカもできそうだが、普通のぬいぐるみはじっと静止したままだ。

むしろ、知らないうちに夜な夜な動かれていたりすると怖い。

子供向けの映画みたいな心温まる光景より先に、ホラー的な様子が頭に浮かんでしまう。

「審査は親方を二十年以上務めているベテランが行いますわ。もっとも、そんなベテランの中にも親方勝ち抜き戦に出たがる方が多くて、審査員集めも大変ですけれどね。わたくしも自分が参加しない場合は審査員を行っていますわ」

どっちのぬいぐるみが優れているかを判断するなら、その道のプロが行うのは妥当なところか。

だが、まだ疑問点はある。

「流派がいくつかあるんですよね？　それって自分の所属する流派やそれに近い流派の審査員が多いほうが有利なのではないでしょうか？」

ライカが当然出てくる疑問を口にする。

もし菱縫い流の審査員がたくさんいれば、菱縫い流の参加者はその票だけで勝ててしまう。

もっとも、それだと勝負にならないことは関係者もみんなわかってるだろうから、対策はされているはずだけど。

「そこは問題ありませんわ。一つの流派から複数の審査員は出せませんし、どちらのぬいぐるみが優れているかを判断する審査員側の目も同時に審査されているわけです。あまりにひどい判定を行えば、親方の名前に傷がつきますわ」

審査員も自分の審美眼を疑われるような、身びいきな判定はできないということか。

案外、システムとしては上手《うま》くできているように思える。

だがそこでオースティラは憂鬱《ゆううつ》そうに頬《ほお》に手を当てた。虫歯を痛がるような格好だ。

「――もっとも、それはきれいごとすぎますけれどね」

「ということはやっぱり流派によって有利・不利があるということですか？」

「そうではありませんが、それぞれの参加者がこれこそ至高のぬいぐるみだというものを持ってくるわけですから、あまりに対戦相手同士のコンセプトが違っていると、どちらをよしとしていいか悩ましく、よくもめるのですわ。その中でも窓際流はほかの流派に受け入れられづらいので割を食っているわけです」

ああ、窓際流が尊大にしている理由も少しわかったぞ。

「窓際流は親方勝ち抜き戦では負けた時に、それはお前たちの目が節穴だからだって反応をしがちなんだな。それを続けて、やけにほかの流派に対して偉そうになってるのか」

芸術の評価基準に完全な公平さや正しさは存在しないから、その中で認められづらい派閥も必ず現れてしまう。

「だったら、最初から対戦に出てこなそうな気もするけど、対戦を避け続ければ逃げたと言われるから、そういうわけにもいかないのかな」

自分たちの表現に意固地になっているとも言えるし、一方で、何十年後には今の少数派が勢力で逆転したりしていて、当時の審査員は見る目がなかったなどと言われるようになる可能性もありうる。そこはなんとも言えない。

「アズサさんの考えでおおかた正解ですわ。あのケンズルーという親方は自分たち窓際流のぬいぐるみがすごいとほかの流派に知らしめるために出場してくるわけです」

「不利な環境でほかの親方に勝ち抜けば、窓際流の名前が上がるしね」

どんなに認められづらいものを作っていようとも圧倒的な実力差があれば勝てる、そう敵の親方は考えているのだ。

負けたら負けたで、お前らには違いがわからないだけだとか言ってきそうだが。

「ところで、窓際流ってなんでそんな名前なの?」

「ぬいぐるみは窓際にちょこんと置いてもらうのが本懐《ほんかい》だという意味だそうですわ。あの方たちの作るものは窓際に置く気にはなれないものばかりですが」

ああ、名前の由来はけっこうまともなものだった。

「ぬいぐるみの世界にも複雑な問題があるんですね……」

ライカは気圧《けお》されたような顔をしている。

どんな業界にも派閥争いはありそうとはいえ、ぬいぐるみの世界は仲良くやってそうな雰囲気はあるもんね。

「もっとも、いつの時代にも思想対立はありました。真のぬいぐるみを求めていけば、それは当然出てくるものです。だからこの対戦自体も必要悪ですわ」

オースティラは弟子であるライカの前で胸を張った。

「ライカさん、わたくしの親方としての実力、とくとごらんあれ。同時に今のぬいぐるみ業界のレベルもその目で確かめてくださいませ」

「わかりました！　違う流派のぬいぐるみも勉強します！」

やけに熱い展開になったな。

あれ、そういえば子供たちはどうしてるだろう……？

「この変な動物のぬいぐるみ、味があるわね。どういう動物かよくわからないけど」

「サンドラさん、これはカモノハシだよ」

「カテゴリー分けが難しい動物。生息《せいそく》範囲は限られていて、シャルシャも見たことはない」

カモノハシのぬいぐるみの前で盛り上がっていた。

うん、ぬいぐるみユーザーのほうは、真のぬいぐるみとか求めてないんだよね……。

一時間ほどあと、会場内の特設ステージで親方勝ち抜き戦がスタートした。

「一見《いっけん》すると、なごやかなイベントという印象ですが」

「私もライカの感想に同意」

ステージ上には審査員席が設けられていて、ほかはいろんなぬいぐるみが吊《つ》るされているぐらいで、殺伐とした様子はない。

ちなみにまだオースティラは私たちのところにいる。

すでに待機してなきゃいけないというわけではないようだ。

「腕に自信のある親方は少し場が温《あたた》まってから出てきますわ。まずは様子見ですわね」

そのオースティラの言葉が正しいのかはわからない。なにせ、いきなり立ち見の観衆から歓声が沸《わ》き起こるぐらいにいいぬいぐるみが出てきたからだ。

「まず、最初の対決はキツネさん流の親方の『動物大集合』と、菱縫い流の親方の『四角い猫』！　さあ、どっちのぬいぐるみが優れているという評価が出るのでしょうか⁉」

犬のぬいぐるみの帽子（犬に噛《か》みつかれたように見える）をかぶった司会者がタイトルを読み上げるまでもなく、両者のぬいぐるみを見た観客たちはそのアイディアにうなっていた。

『動物大集合』は一つのぬいぐるみの中に何種類もの動物が絡《から》まっているという力作で、かたや『四角い猫』のほうは、その名のとおり立方体型に猫をぬいぐるみ化したものだ。

「うわぁ……どっちも売ってるのを見たら、ちょっとほしくなるな……」

「一つのぬいぐるみに複数のものを入れ込むというのはすごい技術ですね。我はまだとても真似《まね》できません」

「シャルシャは立方体のものがほしい」

シャルシャもお気に召したようだ。遊び心とかわいさが両立しているところがいいな。

「ライカさん、どちらが素晴らしいかわかりまして？　ちなみに明確に差がありますわ」

オースティラが師匠的な質問をした。

「ええと……甲乙《こうおつ》つけがたいと思いますが……変わったことをしているという意味では『四角い猫』でしょうか？」

「おっ、よいセンスですわね」

オースティラの言葉の直後に、審査員五人がそれぞれ札を挙げる。

そこにはすべて「勝ち残り側」という文字が書いてあった。これ、どっちなんだと思ったが、「四角い猫」を作った側の親方が右手をぎゅっと握り締めたので、こちらの勝ちか？

「初戦は勝ち残りがいないのでわかりづらいですが、初戦だけ例外で『勝ち残り側』はキャリアが長い親方のほうを指しますわ。というわけで、『四角い猫』のほうが勝ちですわね」

オースティラが説明をしてくれた。

「五対0で決着か……。本当に大差だ。そんなに差があったんだね……」

「この場合はそうですわね。動物が多いだけでどうにかしようというのは子供だましと言うしかありませんわ」

かなり手厳しいコメントだ。

すぐに次の挑戦者が出てくる。この挑戦者の作品も、ものすごくインパクトがあった。

単純に無茶苦茶デカいのだ。

三人がかりでステージに載った、巨大なクジラのぬいぐるみだ。挑戦者は、上が空洞になっていて、中に入って寝られるということをアピールしていた。

これも観客席からは歓声が起こる。

「あったら面白《おもしろ》いと思うけど置く場所に困りそうだから、ファルファはいらないかな〜」

「それはそうだね。家にあるぬいぐるみにしては存在感がありすぎるっていうか……。目立つから需要はありそうではあるけどね」

オースティラは「これも大差で決着がつきますわ」と言った。

「ライカさん、これはどっちが勝つと思います？」

こうやって、ライカの見る目も鍛えられているんだな。

「この二つならば、クジラでしょうか？」

「わかっているではありませんか。もっと自信を持ってもよろしいですわよ」

実際、五対0で挑戦者側が勝った。審査員が五人とも「挑戦者」の札を挙げたのだ。

「へぇ……。やっぱりプロが見ると違いがわかるものなんだ……。私には判断基準がわからない……」

「ぬいぐるみの可能性を広げているかどうかが大きなポイントですわね。初戦はサイコロみたいな猫のほうがそれに該当していて、二戦目は人が入れるという要素が当てはまりますわ」

「なるほど中に入れるとなると、観賞用というぬいぐるみ本来の枠を超えていますね」

ライカはわざわざメモをとっていた。たしかに解説が入ると少しわかる気がする。

「では、わたくしも参加しに行くとしますわ。すでにぬいぐるみの準備はできているはずですから」

オーステイラはステージの裏手のほうに向かった。

「いったい、どんなぬいぐるみを出すつもりなんだろう……。お城の模型みたいなのを作ってたことがあったけど」

オーステイラのレベルとなると、ぬいぐるみの枠を超えているのだ。

「おそらく、お城の模型に近いものではないでしょうか。それよりも、窓際流のケンズルーという親方が何を出してくるかが気になります」

ライカはぬいぐるみの求道者《ぐどうしゃ》みたいなことを言っていた親方のことが気になるようだ。

「そうだね。どんなものを出してくるか予想がつかないな……」

そこから先もステージでは薄くて壁に貼《は》りつけて楽しむぬいぐるみだとか、着るぬいぐるみだとか、奇作や怪作が次々に現れた。

勝ち残り側もせいぜい一度しか防衛できずにどんどん入れ替わっていく混戦だ。

四回防衛して殿堂入りするというのは相当難しいことなのがわかる。

そんな中、ついにオーステイラがステージに上がった。

さあ、現在勝ち残っている着るぬいぐるみに勝てるのか⁉

「菱縫い流のオーステイラさんの作品は……ええと、ただいま、運んできておりますのでもう少しお待ちください」

司会者がそう言うように、その作品はわざわざ机に載って運ばれてきた。横幅二メートル、奥行き一メートルぐらいはある。

「わたくしの作品タイトルは『メティラット砦《とりで》の陥落』ですわ。史実の戦いをぬいぐるみで表現いたしました」

本当にお城を出してきた！

「これまではただ城を精巧に作ることに終始していましたが。今回は歴史上のある瞬間を表現することに挑戦しましたわ」

観衆がいるスペースからだと見えづらいが、博物館のジオラマみたいなものをぬいぐるみで表現しているようだ。砦部分ははっきりとわかる。

だが、これってすごくはあるけど……勝てるのか？

ぬいぐるみというカテゴリーから離れすぎてどういう結果になるかわからない……。

観衆からも「そんなに面白くないな」といった声がした。

これならすでに負けてしまった、中に入れるクジラのぬいぐるみとかのほうが新しい可能性は出してたような……。

「ふふふ、皆さん、このぬいぐるみのタイトルは『メティラット砦の陥落』ですわよ。ちゃんと陥落までを表現いたしますわ」

オースティラがそう言うと、城を攻めてる小さなぬいぐるみ兵士の手から何かが砦に飛んだ。

そして、砦のぬいぐるみに火がついた！

「砦、燃えてる！　作品が燃えてるよ！」

審査員の親方たちも、「こいつ、マジでヤバいことをしてきたぞ！」という顔をしている。そりゃ、紹介されたものがすぐに焼かれるなんて想定できないだろう。

「このように、本当に砦が焼けるというのが、この作品のすごさですわ！　ぬいぐるみで時間経過が表現できますのよ！」

オースティラは両手を広げて、ラスボスみたいなポーズをとっている。

「芸術は炎上ですわ！」

さすがにそれは主語が大きいんじゃないか？　炎上してるのは砦だけだろ！

オースティラは左手を焼けている砦に叩きつけた。

多分、そうしないと砦だけと言わずに全部焼けちゃうからだろうが、消し方がストロングスタイルすぎる。

「さあ、厳正な評価をお願いいたしますわ」

結果は——満場一致でオースティラが勝った。

自分の作品を燃やす親方が出てきたら負けさせるわけにもいかないだろう。インパクトだけなら文句《もんく》なしだ。

ここから四回防衛すれば、殿堂入りということになるが、果たしてどうなる？

「アズサ様、これはオースティラさんが勝ち進みそうですね。ほら、次の親方が青ざめた顔をしています」

ライカの指摘のとおり、舞台袖《そで》で対戦相手らしき親方が絶望的な表情になっている。

実際、次の対戦相手が出したのは「おばあさんのようなおじいさん」というぬいぐるみだったが、紹介している時から帰りたそうだった。

たしかにおばあさんかおじいさんかわからない人はいるけど、それをぬいぐるみでやるな。そんな小ネタではぬいぐるみを燃やすヤベー奴には勝てない。

その次の対戦相手も「猫カラス」という猫とカラスが混ざった生物のぬいぐるみだったが、オースティラには及ばず消えていった。

「燃やすのは強いですね……。煙の臭いが漂《ただよ》いますし。五感をフル動員してくるとは見事です」

「そこまで考えてるかわからないけど、ちょっと工夫しましたってぬいぐるみじゃかないそうにはないよね」

三人目の挑戦者はところどころ盛り上がった平面みたいなぬいぐるみを持ってきた。

「アズサ様、なんでしょうか、これ……？」

「全然わからない……。茶色と緑の部分があるのは地面のつもり……？」

挑戦者が咳払《せきばら》いしてから、説明をはじめた。

「タイトルは『エフィーラ州』です。盛り上がったところは山です。青色の線は川を示しています。

緑の濃いところは森ですね」

州の図をぬいぐるみで作ってきた！

「ですが……砦を燃やすほうがインパクトが大きいので、自分の負けでいいです」

自分から降参した！

「たしかにどっちも博物館に置かれてそうなネタという点でもかぶってしまっていますね。挑戦者側がかぶったネタを出した時点でどうしようもありません」

「ライカ、きっちり冷静に分析するね……」

「ですが、火をつける作品は博物館に置くのは危険ですね」

「……それは本当にそう」

さあ、これで次の対戦相手に勝てば、殿堂入りだな。

生半可なぬいぐるみなら、オースティラに押しきられるだろう。

けど、オースティラとバチバチにやりあってた窓際流のケンズルーという親方がまだ出てきてない。

司会者が「次の挑戦者は――」と声を上げると、あのケンズルーという親方が現れた。

観衆の一部がざわつく。

ここにはぬいぐるみ業界の人間も多いから、ケンズルーという親方の顔を見て、不穏なものを感じ取ったんだろう。

「またとんでもないものを出してくるんじゃないか？」「見るのが怖いな……」

そんなダークホースを警戒するような声がする。

これは本当に強敵かもしれない……。

「真のぬいぐるみを追い求めた窓際流の作品、とくとごらんあれ！」

親方が叫《さけ》ぶと同時に、後ろからスタッフがぬいぐるみが置かれた机を持ってくる。

机には白と黒の部分があるつぶれたクッションみたいなものが載っている。

ん？　ほかに作品みたいなものはないけど……。

「あの、あれが作品ということでしょうか……？　失敗作というか、そもそも作品にすら見えないのですが……」

ライカは混乱している。プロの作品と言われないと、本当にゴミだと思ってしまいそうだ。

「私もわからない……。ぬいぐるみで作った汚らしい枕《まくら》？」

これまでにもぬいぐるみで作った机だとか、キャラクター的なものとかけ離れた作品は出てきていたが、ここまで何を表現しているかわからないものはなかった。

司会者も困惑《こんわく》しながら、「作品の解説、お願いできますでしょうか？」と促した。

観衆側もこれが何か教えてほしいという空気になっている。

オースティラの時みたいに何か仕掛けでもあるんじゃないのか？

もし似たようなインパクトのある仕掛けなら、後出しの挑戦者側が印象的に有利になる。オースティラは不利な状況に立っているのかもしれない。

ちらっとオースティラに目をやると、はっきり敵を見る目で挑戦者をにらんでいた。過去にも因縁があるんだろうか？

いよいよ、挑戦者が自作を解説する！

「作品名は――――」

このでき損《そこ》ないみたいなのはいったい何なんだ？


「『希望』である！」


抽象的《ちゅうしょうてき》！

「頭の中のまだはっきりした形を帯びていない希望をぬいぐるみを使って表現した。これぞ、ぬいぐるみの中に思想性を持ち込んだ作品………むっ？　審査員たちの空気が重いな……？」

アウェーの感じがするぞと挑戦者の親方も認識したらしい。

結果は五対０でオースティラ側が普通に勝った。

「今日一人目の殿堂入りは菱縫い流のオースティラ親方です！　おめでとうございます！」

「皆様、ありがとうございますわ」

なごやかにオースティラは観衆側にも手を振った。

その横で負けた挑戦者が燃え尽きた顔をしていた。

「今回は負けてしまったが、次こそは制作中の『愛情』で、勝ち進んでやるからな……」

おそらく同じ芸風だろうな。同じ芸風ならあっさり敗退するだろうな……。

「抽象的すぎて、評価が得られなくなっているようですね。それぐらいなら我でもわかります」

「少なくともあれは子供受けしないよね。あれ……子供たちも知らないうちにどっか行っちゃってるな……」

かわいいものがあまり出てこなかったし、展示に戻ったんだろう。

その時、ステージに何かがジャンプして上がってきた。

「あっ、猫ですよ！」

ライカの言ったように、たしかにそれは猫――に見える。見た目も大きさも動作も、猫にしか見えない。

なんで、私がこんなふうに猫ではないような言い方をしているかというと、精巧な偽物っぽい感覚を受けるのだ。どこがどう本物と違うかと問われると難しいんだけど……。

「あっ、これはワシがかつて作っていた『本物そっくりシリーズ　猫』ではないか！」

抽象的すぎるものを作っていた親方、元々、超リアル志向だったのか！

「だが、なんでぬいぐるみが動いているのだ……？」

「悪霊が入ったんだと思いますわ。最近、悪霊がぬいぐるみに入るのが人気ですもの」

「えっ？　そんなことが流行《はや》ってるのか……？」

ぬいぐるみ寺院の件、業界すべてでは広まってなかったみたいだな。知らなかったら意味わからないよね……。

ぬいぐるみはケンズルーという親方のほうに向かうと、後ろ脚二本で立って、やけにアピールをしだした。

「むっ……。どういうことだ？　もしや、また自分のようなものを作れということか？」

ぬいぐるみの猫はこくこくうなずいた。

ケンズルーという親方は渋《しぶ》るような顔になる。

自分が作ったぬいぐるみの意見（本当は悪霊の意見だけど）とはいえ、言われてすぐには従えないよね。

「あなたは『本物そっくりシリーズ』の方向性に限界を感じて、いきなり真逆の方向性に走りましたわね」

オースティラが諭《さと》すように言った。

審査員からも「そうそう」「やりすぎなんですよ」といった声がする。

「『本物そっくりシリーズ』の『カメムシ』がまったく売れなかったからな……」

それは一番リアルさを追求したらダメなやつ！

カメムシはとことんキャラクター化しても、まあまあきついぞ……。

「真逆に進むことだけが新たな方向性とは決まってないんじゃありませんこと？　これが何のぬいぐるみかわかる範囲で、変化を加えていくのもぬいぐるみ職人の仕事でしょう？」

ぬいぐるみの猫もケンズルー親方の前を左右に動いて、おそらく方向性を変えろと促している。

「リアルなものの中に別の要素を加えていくのもアリかもしれぬな……。検討しておこう……」

おお、あの親方が方針転換を表明した！

審査員からも拍手が届き、その拍手は観衆のほうにも広がっていった。

やっぱりぬいぐるみはかわいくあるべきだ。

ぬいぐるみ業界だって優しい世界でいられるなら、そのほうがいい。


表彰式があるわけでもないので、殿堂入りしたオースティラはすぐに私たちのところに下りてきた。

「無事に殿堂入りを獲得できてよかったですわ」

「おめでとうございます。ですが、ぬいぐるみに火をつけるというのは職人としてよいのでしょうか……？」

ライカが率直に疑問を口にした。人によってはぬいぐるみを冒涜《ぼうとく》する行為に見えるよね。

「作品全部を焼くわけではありません。焼くのは砦だけですわ。砦部分の替えは用意していますからご安心を」

砦だけとはいえ、ぬいぐるみを焼くのには違いないので、あんまり答えになってない気もするが、親方が問題ないと思っているので大丈夫なんだろう。

「それに、この手のぬいぐるみは職人側の自己満足みたいなところがありますしね。見た目が動物ならわたくしももっと丁重に扱いますわ」

親方たちもそう思ってたのか！

技術を突き詰めると、誰しも変な方向に走ってしまうようだ。あとはそれが理解できる範囲か、訳わからないところにまで突き進むかの違いだ。

「わたくしも子供に人気の作品も作ってますわよ。いつも砦を作ってるわけじゃありませんわ」

「そういえば、子供たち、どこかに行ってるから探しに行かないと」

椅子のぬいぐるみを見るよりは、カモノハシのぬいぐるみを見てるほうが面白いから、そこはしょうがない。

高名な書家の作品がそもそも書いてることすら読めないのに、ちょっと似ている。ぬいぐるみの親方たちの全力は子供向けではないのだ。

私たちが探しに行くと、子供たちは外の屋台エリアでフラットルテと一緒に肉を食べていた。

そりゃ、おなかもすくか。サンドラも外だと光合成ができるので、食事みたいなものらしい。いい感じに日光を浴びている。

ただ、そこにいるのは娘とフラットルテだけじゃなかった。まだまだ人口密度が濃い。

「アズサ様、やたらとぬいぐるみが動いてますすね」

「これは魔族の土地で暮らしてた悪霊たちっぽいな」

ステージに上がったリアルな猫のぬいぐるみもそのうちの一体だったんだろう。

「ぬいぐるみさんたち、品評会があるって聞いて、遊びに来たらしいよ！」

ファルファの言葉にぬいぐるみたちが一斉に何体もうなずく。

はっきり言って娘がぬいぐるみにまみれている光景は、大変かわいかった！

母親としてこれ以上のものはないと言っていい。

勝ち抜き戦のカオスな空気から一気にテーマパーク寄りの空気に戻った感じがある。

「やはり、お子さんがいいと思えるものこそ、ぬいぐるみの原点な気がしますわね」

「我もオースティラさんの意見を支持いたします」

顧客の笑顔がない商品はどこかズレてるもんね。

その時、ものすごく不自然なものが視界に入った。

枕のゾンビみたいなものが、のそのそ歩いてくる。

いや、これはついさっき見たばかりのものだ。


「『希望』に悪霊が入ったのか！」


理屈の上では、動物の形をしてないぬいぐるみにも悪霊は入れるんだろうけど、なんでよりによってそれにしたんだ？

悪霊の入ったぬいぐるみたちはどういう反応を示すのかと思ったが――

ぬいぐるみたちまで、『希望』から逃げていった！

「ほかの悪霊にとっても不気味《ぶきみ》なのか！」

「そりゃ、そうですわよ。あんな見た目の生物がいて話しかけてきたら、わたくしも逃げますもの」

「それはそうだよね」

「あれじゃ、『希望』じゃなくて『絶望』ですわよ」

オースティラ、上手いこと言ったな。

ぬいぐるみは見た目が大事だなと実感しました。

さて、あとは帰るだけだと思ったのだが、フラットルテがそうっとやってきて「帰りは、ご主人様はアタシのほうに乗ってください」と耳打ちした。

「何かあるの？」

「ライカがぬいぐるみ職人になったので、お菓子でも買って帰ろうと思うんです。ご主人様が持って乗ってください」

「素晴らしい！」

私はフラットルテの手をぎゅっと握った。

「お祝いの席の食べ物ならこっちにもメリットがありますしね。ぱーっと買うのだ！」

「よし！　じゃんじゃん買おう！　そうだ、オースティラにも声かけとこう。師匠も呼んだほうがいい」


その日の夜、ライカのお祝いは盛大に催されました。

どんなものにも真剣《しんけん》に打ち込むライカはどんなものにもなれると思います。

謎《なぞ》の売り子がいた

She continued
destroy slime for
300 years

今日はサンドラとナスクーテの町まで買い物に来ている。

サンドラはとくに何かほしいものがあるわけではないはずなのに、ついてきている。そういうのも親としてうれしい。

ただ、町を歩いてる最中、サンドラはやたらと足下を見ていた。

「うん、大丈夫そうね。問題はないわ」

「ねえ、サンドラ、いったい何を確認してるの？」

やけに真剣《しんけん》な様子だけど。

「町には変なよそ者の植物が人間伝いにやってくることがあるの。そういうよそ者が環境を破壊することがあるので気をつけないといけないのよ」

「思った以上にちゃんとした理由だった！」

そんな深い意図を持って、買い物についてきたのか。

「とくにこっちの町はフラタ村より外から来る人間も多いからね。種を知らず知らずに人間が持ち込んでしまうことも起きやすいから」

完全に人間も生態系の一部だな。なかなかマクロな視点である。

「変なのが入ってきてないか調べてくれと丘の植物が私にお願いしてきたから、歩ける植物代表としてやってきたってわけ」

「植物からの依頼だったのか！」

サンドラ以外の植物がしゃべらないので気づきづらいが、サンドラは植物ともちゃんとコミュニケーションをとっているようだ。

田舎《いなか》の丘にぽつんと一人で住んでた私が言っても説得力がないけど、交友関係が広いのはいいことだ。

「ねえ、そういう植物からの依頼ってこれまでもあったの？」

「ありはしたわ。同種の仲間が少ないから、近くに植えてくれとか。けど、それを全部聞いてたらキリがないから、普通は放《ほう》っておくわ。全部かなえると、植物だらけでぎゅうぎゅうになっちゃうしね」

「そりゃ、どうせなら自分の同種の植物が多いほうがいいもんね……」

同じ種類の植物だらけになってしまうと、生態系に問題が起きてしまう。

サンドラが要望に応《こた》えないのはケチなんじゃなくて、まさに環境を長い目で見た時に必要なことなのだ。

「ただ、今回は丘のどの植物の利益《りえき》にもなるし、私自身の利益にもなるから。それで見慣れない植物が生えてるか見て回ってるの」

「立派！　すごく立派だよ、サンドラ！」

「生きるのに必要だからやってるだけだから、褒《ほ》められるようなことじゃないのよ」

そうサンドラは言うけど、まんざらでもなさそうだ。

植物だって褒められればうれしい。もしかして、ありがとうと声をかけると野菜が甘くなるみたいな話って本当にあるのか？　一般の植物はサンドラみたいに人間の言葉が通じない気はするけど。

「それで調査は済んだ？　もう少し、じっくり町を見て回る？」

大都市をくまなく回るんじゃなくて小さな町を回るだけだから、たいして面倒ではない。少しの寄り道なら問題はない。

「こんなもので大丈夫よ。明らかなよそ者は入り込んできてない。ちょっと珍しい植物はいたけど、あくまで珍しいだけであって存在しないわけではないし」

すらすらとサンドラは答える。

これ、サンドラが植物について学術的な発表をしたら、植物学はとてつもなく進歩するのでは？　なにせ植物から聞き取り調査ができるわけだし、報告者も完璧《かんぺき》に植物側の視点を持っているわけだし。

とはいえ、サンドラを狙《ねら》う人間が増える危険が容易に考えられるのでやめたほうがいいよね……。サンドラは家族の中で最も誘拐されやすい立場なのだ。逆に言うと、ロザリーやドラゴンの二人を誘拐できる存在はいないと思う。

「そしたら、買い物も終わったし、帰ろっか」

「あっ、植物そのものではないけど、うさんくさいよそ者はそこにいるわね」

サンドラが指を差した。

その指の先には疲《つか》れた雰囲気《ふんいき》の女性が立っていた。

上下ともにジャージっぽい服を着ている。この世界にジャージってあったのか。動きやすい服ぐらいは誰《だれ》だって作ろうと考えるから、存在してもおかしくはないが。

それにしてもジャージなんて特異な見た目なのに、これまで気づかなかったとは……。

「本当だ。なんか立ってるね。あまりこのへんで見ない服なのにサンドラに言われるまでわからなかったよ」

「それだけ存在感がなかったってことでしょ」

サンドラが容赦なくずばっと言った。

「道端に立ってるし、どうも何か売ってるみたいなのに存在感がないって相当よ。その時点で商売として失敗してるじゃない」

「まったくもってサンドラの言うとおりではある」

サンドラが何か売ってるみたいと言ったのは、その人が首から木の箱を提《さ》げているからだ。

弁当でも売ってるんだろうか。でも、今、昼過ぎだから弁当のピークは終わってるんだよな。

「……いかがですか？　お、おいしいですよ」

耳をすますとかすかに声を出しているのがわかる。

やっぱり、ものを売る立場としては最悪に近い。普通はもっと声を張り上げるものだ。

「あれはいったい何を売ってるんだろう……？」

近づこうとした私の服の裾《すそ》をサンドラが引っ張った。

「やめておいたほうがいいわ。関《かか》わると巻き込まれるかもしれないわよ。向こうから助けを求めてるならともかく、様子見でいいんじゃない？」

「うっ……それはそうかも……」

最近の私は感覚がマヒしてきているのかもしれない。

変な人に自分から絡《から》んでいく必要まではない。

ものが売れてないみたいだが、そんな店、世界中に無限にある。それに現状、売ろうとしてるのに目立たないし声も出てないという、誰でも問題点がわかる有様だ。これは自力で改善できるだろう。

「よし、ここは帰ろう……」

何かあれば続報が来るはずだ。


二日後の夜、ハルカラが迎えに行ったフラットルテと一緒にハルカラが仕事から帰ってきた。

「帰ったのだー！」

「ただいま帰りました～」

フラットルテが家を出てから三十分ほどたっている。ドラゴン形態になっての送迎だけなら、本当にすぐに帰ってこられるはずなので、買い物でもしていたんだろう。

「そういや、あの変な売り子の方、まだいましたね。全然売れてないようですけど、やっていけてるんでしょうか？」

これは、ものを売るのに向いてなさそうなジャージの人のことでは⁉

「まずそうでぶよぶよしたものしか売ってないからしょうがないのだ。そもそも、食べ物かどうかすら怪しいのだ。ちょっと生臭かったぞ。そのくせ、海の生き物を売ってるのとも違うし意味不明なのだ」

この二人は完全にナスクーテの町の売り子を認識しているらしい。

「ねえねえ！　それって木の箱を持ってる人のこと？」

ハルカラもフラットルテもうなずいた。

「ですよ。お師匠様《ししょう》も知ってたんですね。木の箱を持ってて、見た目は……どんなでしたっけ？」

「アタシも思い出せないのだ。影が薄すぎる」

とことん目立たないんだな。商品を確認したのが確実なフラットルテでも思い出せないとは。

だが、その話で気になる点があった。

ぶよぶよしてるものって何だ？

「ねえ、フラットルテ、その売り子が売ってるものって何なの？」

「変なものなのだ」

全然情報が増えない回答が来た。ということはフラットルテはそれが何か本当に理解してないということだろう。

「それと、水につかってたのだ」

「水につかってる……？　水に棲《す》んでる生き物……？」

水中には私たちの想像を超える変な生き物がいくつもいる。ぶよぶよしてるものだってけっこういる。たとえば、ウミウシもヒトデもぶよぶよしている。さらには、まさにゼリー状の生き物すら存在する。

「いいえ、生き物ではないと売り子の方が言ってましたよ。畑から収穫できる商品だそうです」

しかし、ハルカラは実際に質問したらしく、具体的なことを言ってきた。

しかし、追加の情報を聞いて、いよいよ訳がわからなくなった。

「えっ？　畑で生産できるものなのに、ぶよぶよしてて、水の中に入って売ってるの？」

ニンジンやタマネギがぶよぶよしてたら、なんか嫌《いや》だな。というか、それって多分傷《いた》んでるやつだ。

「全然、食欲そそられないですね。しかも、味もしないそうですし」

「味がしないものを売ってるって何……？」

それで商売になるのか？　むしろ、きっちり商売になってないから売れてないのか。

得体が知れなさすぎて、ちょっと興味が湧《わ》いてきた。

そこにごはんを食べ終えたシャルシャが話に入ってきた。ずっとテーブルで聞いていたのだ。

「水の中にあってぶよぶよと聞いたが、シャルシャはそれはもしやスライムではないかと思った」

そうか！　たしかにスライムはぶよぶよだ！

「いえ、売り子の方は食べ物ではあると言ってました。スライムを食べる文化は存在しませんよ。だって、死ぬと魔法石になってしまいますから。石が主食のモンスターでもいないかぎりは食べられません」

ハルカラの口ぶりからすると、売り子から食べ物かどうかわざわざ聞いたようだ。

じゃあ、スライムではないな。

「丸いぷよぷよした形のやつも売ってたけどな」

フラットルテが言った。

だったら、スライムなのでは……？　スライムと形状まで似ている。

「ですが、作る工程が想像しづらいと言ってましたよ」

じゃあ、スライムではないな。

スライムに工程も何もないしな。知らないうちに分裂して増えてたりするのがスライムなのだ。

「弾力性はかなりあったのだ。手で押してもきっちり押し返してきたのだ」

だったら、スライムなんじゃないか……？

スライムといえば弾力性があるのが特徴だ。手で押してへこんだままになったりしないのは、スライムらしい。

「子供の人気が著《いちじる》しく低いそうですね」

ん……？　じゃあ、スライムではないのか。

スライムは人に危害を加えないからというのもあるが、子供から毛嫌いされたりはしない。見た目もどっちかというとかわいらしいし。でなきゃ「食べるスライム」なんて食品は作らない。食べられるかは別として、見た目だけで食欲が減退したりはしない。

「それから、カラーリングはまあまああったな。黒と白、それと赤いのもあったのだ」

本当にスライムなんじゃないか……？

スライムは赤っぽいのも青っぽいのも緑のも黄色もいる。

猫の毛並みがいろいろあるみたいにスライムのカラーバリエーションも多いのだ。

「二人の話を興味深く聞かせてもらった。スライムなのか、スライムではないのか、シャルシャの中で揺れ動いている。聞けば聞くほど揺れ動いている」

ハルカラとフラットルテの話をシャルシャはどこからか出してきたノートにメモしていた。たしかに気になりはする。

そして私も聞けば聞くほど、何を売ってるのか興味が湧いてきた。

「お師匠様、このあたりの土地にぶよぶよした郷土料理なんてありますか？」

「そんなの聞いたことないよ。だいたい、この土地で知られてる食品なら誰かしら町の人が買っていったりするでしょ。とことん売れてない様子なら、このへんで食べられてるものじゃないんだよ」

「なるほど。だったら、何なんですかね？　まずそうだったから、どうでもいいんですが」

ハルカラはかなり興味を持ってたようだが、それでも深入りする気（この場合は購入するとか）は起きなかったようだ。やはり、おいしそうかどうかという点は大きい。

「まずそうだから、どうでもいいぞ。味がないなら食べてもつまらないのだ」

フラットルテも味の点を問題視していた。

そりゃ、味を尋ねられて「味がない」と答える店で買い物する人はいないよな。

しかし、これだけ話を聞くと、この目で確かめてみたくはある……。

「そろそろ違う土地に移《うつ》るとか言ってたな。ほかの土地でも売れなそうだけど、勝手にすればいいのだ。長い人生、売れないものを売り続けるのも自由なのだ」

「えっ！　あの売り子、もうすぐ去っちゃうの？」

フラットルテに少し喰《く》い気味《ぎみ》で尋ねてしまった。

「店に置いてくれと交渉してもダメだったし、ほかに移るつもりでいるそうですよ。むしろ、すでに長居しすぎだと思いますけど。あんなの、一日でここじゃ売れないと諦《あきら》めがつくのだ」

だとすると、二度と確認するチャンスがなくなってしまう！

今の私は、自分の目で何を売ってるか見てみなかったことを後悔していた。

歯の間に糸でもはさまったような、手が届かないところをかゆくなる虫に刺されたような、もどかしさがある……。

知ったところで真相はしょうもないことなのだろう。

一週間後には思い出しもしないような、どうでもいいことの可能性も高い。

それでも、このむずがゆさだけは本物なのだ。

人間とは、答えを知りたがる生き物なのだ！

「よし、明日、正体を確かめに行く！　はっきりさせたい！」

「母さん、シャルシャも同行する。謎のスライムっぽい食品を白日《はくじつ》の下《もと》にさらしたい」

白日の下にさらすってこういう場合に使う言葉だったっけという気はしたが、シャルシャの強い意思だけは伝わった。

◇

翌日、私はシャルシャとともにお昼前にナスクーテの町に向かった。

ちゃんとあの影の薄い売り子はいた。

すでに違う町に引き上げて、空振りということは回避できた。やはりジャージっぽい服を着ている。

見た目は地味というか、ちょっと怖い。長い髪がどことなく亡霊っぽい。顔も髪で隠れがちなので余計に怖い。

ハルカラもフラットルテも売ってるものに関して質問したりしていた割に、売り子の見た目をろくに覚《おぼ》えてなかったけど、そもそも表情などもよく見えてなかったのではないか。

「……いかがですか？　……私もそんなに好きじゃないですけど。いかがですか？」

やはり、何か売ってるな。

宣伝下手《べた》だし、本人も好きじゃないものを売ってるから余計に宣伝が難しそうだ。

今日も町の住人は誰も売り子に近づこうとはしない。

改めて見てみると、これは近寄りづらい。せめて、遠くからでも何を売ってるかわかるようにすべきだと思う。

「人を寄せつけない空気すら感じる。これは確かめづらい。話まで聞いたフラットルテさんとハルカラさんはすごい」

「そうだね、シャルシャ。あの二人は勇気あるな……」

だが、このまま遠巻きに見ていても、進展はない。

客は来ないし、売り子も宣伝をしないので、情報が増えないのだ。

行くか。もう、行くしかない。

私はシャルシャとともに売り子に近づいた。

「すみません、何を売ってるんですか?」

木箱の中身を見る前に、私はずばっと尋ねた。

売り子は顔を上げないまま、こう言った。


「……こんにゃくを売ってます」


「それは売れんわ!」

だって、このあたりの地域でこんにゃくを食べる風習、まったくないはずなんだよね。

「こんにゃく……。遠く離れた土地のごく一部で、イモの粉から作った食べ物を食するという話はことか？

文献で読んだことがある」

　そういや、こんにゃくってどうやって作るんだろ……。イモの仲間だったとは思うけど。タピオカもイモから作ってた気がするし、イモの中にはぷるぷるしたものを作れる種類があるということか？

　どちらにしろ、このへんでこんにゃくは一切《いっさい》知られてない食べ物なので、購入されるわけもなさそうだ。知らない人から見れば、食品かすらわからないだろう。

「あの、こんにゃくを食べる地域で販売したほうがいいですよ。うっ……独特の臭い……」

　元が畑で収穫できるものとは思えないような磯《いそ》っぽい臭気《しゅうき》……。

　シャルシャは無表情のまま、さっと後ずさった。あまり嗅《か》ぎたいものではない。

「すみません、嫌な臭いですよね。そのせいでさらに売れません。……でも、こんにゃくが根づいてない土地で、こんにゃくを広げていきたいんです」

　顔を上げないまま、売り子が言った。

「それはなぜ……？」

　こんにゃくをＰＲする仕事でもやってるんだろうか。それにしては周知する気すらないように見えるけど……。

「あっ、まだ粘《ねば》ってるんスか……」

　そこにやってきたのはミスジャンティーだった。食材が大量に入った編みカゴを持っているので、店で使う食材を買っていたのだろう。

「ミスジャンティーはこの人、知ってるの？」

「それ、こんにゃくの精霊のナーマヤンっス」


精霊だったのか！


「……こんにゃくを食べる地域を広げるために売り子をしてます。精霊なので」

精霊なら自分の担当するものを普及させる活動もするだろう。謎はすんなり解けた。

「……私はこんにゃく、苦手《にがて》なんですけど」

うっ……。精霊だからって好きとは限らないのか。

食べる習慣のある日本でもこんにゃくは割と好き嫌いが分かれてたからな……。ヘルシーだからダイエット食にいいという評価は得ていたが、誰もが好きと答える食品じゃなかった。あと、子供に人気がある食品ではなかった。

「店にも、こんにゃくを使った料理を置いてくれと言ってくるスよ。そんなの売れないから無理だって突っぱねてるっス」

「ああ、ナスクーテの町に逗留《とうりゅう》してたのはそれも理由か」

精霊の知り合いが近くにいて、しかも飲食店もやってるとなると、そのツテを利用しない手はないからな。

最初は何から何まで謎だったけど、わかってみると全部が合理的に説明がつくものだ。

ミスジャンティーがナーマヤンに私の紹介もしてくれた。自己紹介は少し照れるので助かる。

「……へえ、公言の魔女さんですか。人前で堂々と発表してくれる方なんですね。こんにゃくも宣伝してくれるとうれしいです」

あっ、おそらく誤解されている……。

「公言する魔女じゃなくて、高原に住んでる魔女です……」

「それはそうとして、こんにゃくを食べていただけませんか？」

ようやく、こんにゃくの精霊ナーマヤンは顔を上げた。

その顔がちょっとだけ見えたが、死んだ魚の目をしていた。

私のたとえも磯っぽいものになったな……。こんにゃくがどことなく磯臭いからかな……。


ここで拒否するのも悪いので、喫茶「松の精霊の家」に寄って、こんにゃくを食べることになった。

店の鉄板を借りて、こんにゃくを焼いてもらった。

「……はい、シンプルに塩とコショウだけで味つけしたこんにゃくです」

ナーマヤンから皿に載った、四角くて黒いこんにゃくを出された。

早速食べてみたが――

「私、そこまで好きじゃないな」

「こんにゃくの精霊ですが、私も同意見です」

あんまりこんにゃくの印象はよくならなかったし、精霊もさして期待していなかった。

なお、シャルシャルも、

「シャルシャもあまり好きではない。もうちょっと強い味つけがほしい」

という感想だったので、子供人気を増やすのもまだまだ前途多難のようです。

「……甘めの味噌《みそ》があれば、どうにかいけるんですが、味噌はありますか？」

「豆の発酵調味料っスよね？　ここにはないっス」

「……じゃあ、今日のところは無理です。また、ほかの町でも売ってきます」

行動力もあるくせに、諦めも早い精霊だ……。

あなたの町にぶよぶよした謎のものを売ってる人がいたら、こんにゃくの精霊かもしれません。

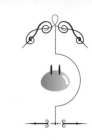

かき氷を食べに行った

ある日、フラタ村で買い物している時、ふらふらと何かが飛んできた。

今時、魔族が飛んできてもおかしくないなと思うのだが、そういうのとも違うみたいだ。全体的にサイズが小さい。

ずいぶん近づいてきて、ようやく何かわかった。


「マンジューじゃん！　ここまで一人でやってきたの⁉」


それは子供のブルードラゴン、マンジューだった。

マンジューは私たちがかつて子守をしたことのある子供のドラゴンだ。

なお、マンジューというニックネームは私たちがつけた。

偶然、饅頭《まんじゅう》と同じ名前なのではなく、饅頭由来なのだ。

それと、マンジューの本名は聞いてないままだったな……。せっかくニックネームをつけたのだから、ここではマンジューで押し通すか。

「うん、ひとりできたよ」

そうそう、マンジューはしゃべれるんだった。子守の最後に気づいた。口の中が腫《は》れてて、しゃべりたくなかったという。

子守が必要な年頃《としごろ》の子が、一人でやってきて大丈夫なのかという気もするが。周囲にはほかにブルードラゴンもいない。ブルードラゴンが空を飛んでいればすぐに気づくはずだし、本当に一人で来たようだ。

「一人で来たって、いったい何の用なの？　まさか家出じゃないよね？」

「いえでじゃ、ないよ。ちょっとまよったけど、みちをきいてここまできた」

マンジューはたどたどしく言った。翼がぶおんぶおん動いているのを見ると大変そうだが、あまり疲《つか》れている様子もない。

家出ではないということで一安心だ。たしかにブルードラゴンの集落からここまでたどりつけないほど遠いわけではない。ドラゴンなら谷を飛んで越えたりもできるだろうし、徒歩の移動よりはずっと楽だ。

「じゃあ、おつかいで来たの？」

「おつかいじゃないよ」

そしたら何の用だという気もするが、ブルードラゴンの場合、突然出奔《しゅっぽん》することもあるので、そういう理由のない理由かもしれない。

「じゃあさ、マンジューは何をしに来たのかな？」

「しょうかいにきたよ」

「紹介？」

まさか、妹や弟のドラゴンでも近くにいるのか？　さすがにそんなことのためだけにフラタ村まで来ないとは思うけど。

「かきご、おり、できたからしょうかい」

「ん？　ごめん、もう一回言って」

「かきご」って何だろう？　私の聞き間違いか？

「かきごおり、できたよ」

「かき氷⁉　それって、氷を砕《くだ》いて味つけしたもので合ってる？」

「そう、それ。かきごおり」

マンジューがうなずいたので確実だ。

ブルードラゴンの集落でかき氷が誕生したらしい。


もちろんマンジューは高原の家に連れて帰ったが、とくにかき氷についての情報は増えなかった。

「かきごおり、できた」ぐらいしかマンジューがしゃべらないためだ。

なので、本格的なかき氷の専門店ができたのか、たんにブルードラゴンの誰《だれ》かがかき氷を家で作ってみただけなのか、そのあたりの規模感はわからない。

せめてかき氷のお店があるのかどうかぐらいは知りたいところだが、それもわからない。マンジユーはかき氷の紹介に来たと言うだけなのだ。

とはいえ、私たちに選択肢はないようなものだった。

「マンジューちゃんを連れて帰らないとまずいですよね。来る時は無事でも帰りには何があるかわからねえですし」

ロザリーがマンジューの真上を漂《ただよ》いながら言った。

そのマンジューにはサンドラがつかまっている。空中を漂うのはたとえ低くても楽しいようだ。

「うん。責任を持って連れ帰る必要があるし、だったらみんなでブルードラゴンの集落に行ってもいいよね。それで運がよければかき氷が食べられるってことで」

このかき氷というのも、前世で私が食べたかき氷のようなものか不明である。名前が同じで全然違う食べ物の可能性もある。

氷を砕いたものぐらい、どんな世界でも思いつきそうだしね。

でも、私が前世で食べたかき氷みたいな食べ物なら、子供たちが喜ぶかもしれない。

だったら行ってみて損《そん》はない！

もっとも、事前にもう少し情報収集をする気はある。

「フラットルテ、以前はかき氷ってブルードラゴンの集落にはなかったの？」

この家にはブルードラゴンが住んでいるからな。

「いえ、そんなの食べたことはありませんよ。存在もしてなかったと思います」

フラットルテはそっけなく答えた。これは新たにかき氷が生まれたと考えるべきだろう。

「ドラゴンって食べることには妥協がないから、氷も食べそうではあるんだけどな。少し意外かも」

「食後にちょっと氷をかじる奴《やつ》はいたりしますけど、その程度ですよ。好んでばくばく食べはしないのだ」

フラットルテの態度を見るに、氷を食材と見なす意識は低そうだ。

「だって、氷を食べてもおなかにたまらないのだ。そんなのうれしくないのだ」

「あっ……言われてみれば……」

ドラゴンが食べるのを好きなのは、生きていくうえでカロリーを多く使うからという面が大きい。そもそも、生きていくのに必要なエネルギー量が違うのだ。

水からはカロリーを摂取できないので、興味も関心もなかったのだろう。

「むしろ、ご主人様が言うかき氷ってどんなものなんですか?」

逆にフラットルテに質問された。

「私がイメージするのは、氷をふわふわに砕いて、その上に甘いシロップをかけたものなんだけど」

みんなが脳内に私と同じものをイメージできるかはわからないが、私の頭には、三角形の氷の山に赤いシロップがかかっているアレがイメージされている。

私が生きてる時代はかき氷がやけに高級志向になっていて、濃厚な抹茶をかけたり、絞ったメロン果汁をかけたりして、値段も通常のものの数倍になってたりしたが、私が考えているものは五百円玉一枚で食べられる赤いアレである。

あの赤いアレ、イチゴ味っぽく見えるけど、たしか安いシロップにはイチゴは入ってないらしいんだよね……。青いブルーハワイとも同じ味なんだっけ？　そもそもブルーハワイってどんな味なんだ。ハワイって土地に味はないだろ。

そんなことはどうでもいいか。答えの確認のしようもないし。

それはそうとして、おそらく甘いシロップというところに、娘二人が反応した。

「つまり、デザートということ。だったら、おいしいかもしれない」

「ファルファも興味が出てきたよ！　冷たいお菓子《かし》なんだね！」

「そういうこと！　甘くておいしいものなんだよ。……まあ、マンジューの言うかき氷がそれと同じかはまだわからないけど、それも行ってみれば答えは出るし」

百聞《ひゃくぶん》は一見《いっけん》にしかず、というやつだ。

今のところ、百聞どころか、せいぜい三聞ぐらいだしな。

「さてと、今日はマンジューが来たことだし、ちょっと豪華なごはんにしようか。お肉も多めで」

「おにくおいしい。かきごおりよりおいしい」

マンジューが元も子もないことを言った。

そりゃ、かき氷よりもステーキのほうがいいって人もたくさんいるよね。

マンジューの食欲はすでに私なんかよりもよっぽど旺盛《おうせい》でした。

これだけ食べれば将来、立派なブルードラゴンになるだろうと思うほどだった。

食後は娘たちがマンジューにぶら下がって遊んでいたので、いつもよりカロリーを消費させてしまったかもしれない。

◇

翌日、私たちは家族全員でブルードラゴンの集落を目指した。

なお、ハルカラは仕事を休んだ。新しい食べ物の調査に余念がない。

マンジューはドラゴン形態になったフラットルテのほうに乗っている。レッドドラゴンのライカのほうが体温がわずかに高いので、フラットルテのほうがマンジューにとっては快適なのではという判断だ。

「じぶんより、はやい」

マンジューはぼそぼそと感想を述べていた。別に悔《くや》しがったり、うらやんだりしてる様子はないので、大人は速いなあという事実を言っただけという感じだ。

「いずれ、お前も速く飛べるようになるのだ。そのためにはたくさん空を飛ぶことだな」

フラットルテがブルードラゴンの年長者らしいことを言った。

「アタシも昔は速さを仲間と比べて、よく山にぶつかったりしたものなのだ」

「ほんとにブルードラゴンって物騒だな……」

もう少し安全に飛行訓練はしてもらいたいものだ。

「まえもだれかが、やまにぶつかって、なだれおきた」

マンジューがまさに物騒なことを言った。

「本当に本当に安全にやってほしい……」

そんなことを言っているうちに、もう集落が近づいてきた。

さあ、かき氷とはいかに⁉

「マンジューちゃんのご両親ってどんなドラゴンなんですかね。あいさつに言ったほうがいいんでしょうか？」

ロザリーがいいことを言ってくれた。

「そうだ、忘れてた！　ご両親にはあいさつしておこう！」


「あ〜、多分、その子がしばらく出かけてるからって力比べに行っちゃってるな。集落にはいないぜ。ところで暇《ひま》だったら、力比べしないか？」

最初に見つけた集落のブルードラゴンに話しかけたら、そんな返事が戻ってきた。それと、ブルードラゴンの集落にいるドラゴンはみんな人間形態だ。ドラゴン本体の大きさでは日常生活の邪魔《じゃま》なのだ。

というわけで、マンジューの両親はいないらしい。

子育て、いいかげんすぎるだろうと思うが、これがブルードラゴンの文化だと思うので、文句《もんく》は言うまい……。正しさは場所によって異なるのだ。

「ええと、じゃあ、集落でかき氷をやってる店は知ってますか？」

ご両親にあいさつすることはできなくなったので、かき氷のことだけ考えることにする。

あまりじっとしていると、寒いから移動しろとサンドラが無言の圧力を加えてくるし。

「かき氷か〜。ここ最近、急に話題になっていろんな家でやってるな。『氷』って文字がついてるところは全部そうだぜ」

言われて集落のメインストリートに目をやると、両側の家にこの世界の言葉で「氷」と書いた青い看板やのぼりがいくつも見えた。

「一気に増えてる！」

「同じジャンルでこんなに店があったら、つぶし合いになっちゃうと思うんですが、やっていけるんですかね……」

ハルカラが商売人らしい心配をした。普通に考えれば、やっていけないだろう。

「みんな、片手間でやってるし、氷なんて良質なのが近くにいくらでも転がってるからな。金がかからねえからどうとでもなるんだよ」

ブルードラゴンが説明してくれたので腑《ふ》に落ちた。

そうか、ブルードラゴンの集落は相当寒冷な土地なので、氷の供給は問題ないのだ。

「店によってバリエーションも豊富だしな、食べ比べしてもいいんじゃないか」

「ありがとう。いろいろ教えてもらえて、助かったよ」

ブルードラゴンは誰でも気さくなので質問する相手としては向いている。

「あっ、比べると言えば、俺《おれ》と力比べしないか？」

「それは必要ないです！」

問題は力比べをすぐに要求されること！

「なんだったら、かき氷大食い対決でもいいぜ」

「いや、それ、食べる量でも冷たいのに強いのでも、ブルードラゴンが有利じゃん」

力比べは無事に断れた。ここで謎《なぞ》の対決をすると趣旨がブレすぎる。

「マンジューにおすすめの店があれば伺いたい。地元民の声は参考になる」

シャルシャがもっともなことを言った。

これだけ店があるとどこに入るのがいいのか迷う。

しばらくマンジューは沈黙していたが、

「わかんない。ごめん」

と言った。それはそうだ。マンジューはかき氷があるのを教えてくれたが、詳《くわ》しいとは一言も言ってない。それに食べ歩きができる年齢でもない。

「大丈夫だよ。誰も気にしてないから謝らなくていいよ」

私はぱたぱた翼を振って浮いてるマンジューを抱っこしながら言った。

「参考意見はなくとも、そもそもどの店が好みかは各人の舌によって異なる。シャルシャは自分の直感を信じたいと思う」

「ファルファもおいしそうなお店をしっかり探すね！」

そう、シャルシャとファルファの二人が入りたいと思った店に入ればいいのだ。それに、かき氷は最近はじまったものなんだから、老舗《しにせ》も存在しないわけだし。

「じゃあ、ファルファ、あの店にしようかな～♪」

ファルファが通りの一軒を指差した。

看板には私がイメージするかき氷の絵が描いてあった。ちゃんと赤いシロップらしきものがかかっている。

おお、スタンダードなかき氷は存在するんだ！

店の名前は「かき氷専門店　氷山」と書いてある。まさにかき氷にぴったりの店だ。


入店すると、カウンター席が並んでいた。ブルードラゴンの男の店主が厨房《ちゅうぼう》で作業している。

イチゴがここからも目についたので、イチゴ味のかき氷を提供するお店のようだ。

「かき氷、くださ～い！　イチゴ味のやつ！」

ファルファが元気に店主に言った。

「お嬢ちゃんは小さいから、ミニにしとくほうがいいな。そしたらミニを一つ作るよ。ほかの人はミニを見てからサイズを決めてくれてもいいよ」

なかなか気が利《き》く対応だ。たしかに店によって普通盛りの基準が分かれるしな。

で、すぐにファルファの前にかき氷が置かれた。

「はいよ、ミニ一つ！」

ちゃんとイチゴのジャムが上からかかっていて、さらにイチゴもいくつも添えられている。安っぽくない本格的なかき氷だ。これは入店して正解だったな。

——サイズが大きすぎること以外は。


ファルファの顔が隠れるぐらい、かき氷の山は巨大だった。

「こんなに食べられないよ～！」

横からファルファとかき氷を見たけど、これ、ファルファの顔より二回りは大きいな……。

「うちはミニでこれなんだよ。どうせならドラゴンの腹が冷えるぐらい食ってほしいからな。はっはっは！」

あっ、完全にドラゴン仕様の店だ！

「ファルファだけじゃ無理だよ。みんなでシェアしていい？」

「本当は一人一品注文してもらいたいんだけど、ドラゴンじゃねえからいいぜ」

店主はいい人だったし、かき氷もおいしかったけど、多人数でなければ攻略できない量だった。

残りの分は、結局フラットルテにたいらげてもらった。

なお、フラットルテは自分の分も注文して、完食している。

「お師匠《ししょう》様、これ、ほかの店もビッグサイズだったら、いろいろ試すのは難しそうですね……。かき氷がどういうものかわかりましたが、ドラゴン以外が食べる時はもっと少ない量でやるべきです……」

ハルカラもおそらく一人前程度の量は食べたので、頭がキーンとする感覚を経験しているようだった。

「そこは、ドラゴンじゃないので少量でお願いしますと言うしかないね……」

「ああ、たいていの店は人間サイズも注文できるぜ。この店はドカ盛りで売ってる店だからな。はっはっは！」

最初に入った店が少しトリッキーだったのか……。

とはいえ、ちゃんとしたかき氷を出してるみたいだし、これはほかの店でも期待できるんじゃないか。

「我も何杯も食べられるものではありませんが、もう一杯ぐらいは食べてもよいかもしれませんね」

「ライカも今回はちょっと控えめだね。私も食べても、普通サイズがあと一杯ってところだよ」

「まだまだ何杯でもと言いたいところですが、体を冷やすものは我もきついですね」

ライカは胸の前で人差し指同士で小さく×印を作った。やはりレッドドラゴンに冷たいものは向かないのか。

「あと、あまりおなかにたまらないので食べごたえもありませんし……」

「あっ、そこも気にするんだ……」

スイーツもハイカロリーなもののほうが好まれるらしい。私とは真逆だ。

マンジューは私が食べたのと同じぐらいの量を食べていた。口元がイチゴのせいか、赤くなっている。

「マンジューはおいしかった？」

「おいちい」

かわいい反応だ。ついつい見た目からペット的に思ってしまうが、人間の子供だと考えないと。

「もうすこし、おなかいっぱいになると、もっといい」

小さくても言ってることは部活帰りの高校生みたいだな。

「食べ終わったんだし、次の店行ったら？」

サンドラは動物がバカなことをしてるという顔をして言った。


二軒目はにぎわいで決めた。

「この店、けっこうドラゴンが集まってるな〜。どんなのを出すのか気になるのだ！」

フラットルテが寄っていった店は、たしかにブルードラゴンが数人、店の外で並んでいた。

「フラットルテさんの判断は正しい。人気がある店は、自分の志向にぴったり合うかは別としても、大きな失敗を引くリスクを下げる」

シャルシャも納得して、それについていった。

「じゃあ、私もその流れに乗ろうかな。ぜひ行きたいって候補があるわけでもないしな」

シャルシャの言うとおり、人気店ということは多くの人がおいしいと感じている証拠なので、ものすごく自分の趣味に合うかは別としても無難なのだ。

やがて私たちが入店する番になった。

中身は一軒目と比べると、花がいけてあったりして、どことなく華やかで明るい印象だ。

この店の雰囲気《ふんいき》なら、超大盛りが出てくるなんてこともないよね。

「当店はセルフになってますが、よろしいですか？」

店主をしている人間形態の女性ブルードラゴンが言う。セルフってことは、水を自分で注《そそ》ぐとか、かき氷ができたら自分でとりに行くとかってことかな。

「それでいいのだ。まず、フラットルテの氷を一つ出すのだ」

フラットルテが自分の分を注文した。私たちもそれを見て判断しよう。

「はーい。では、かき氷になりまーす！」

店員が出してきたのは――――皿に載った四角い氷塊《ひょうかい》だった。

「調理前のが来てるーっ！」

あまりにも未完成すぎるだろ……。

「当店はセルフなので」

「おい、セルフっていうのは自分で削るってことなのか？」

フラットルテがよくわからないという顔で尋ねた。

「拳《こぶし》で粉砕するお客さんが多いですね」

横の席を見ると、ブルードラゴンたちが自分の氷塊に握《にぎ》り拳を振り下ろしていた。

すると、氷塊がきれいなかき氷状のものに！

「やっぱり自分の力を確認するにはかき氷がいいよな～」「調子がいい時はいい感じに粉々《こなごな》になるもんね～」

お客さんは違和感《いわかん》なく受け入れている！

その砕いた氷の上から、客は卓上のシロップやジャムをかけていた。ああ、そこは普通のかき氷ではあるんだ……。

「アタシには面白《おもしろ》い店だけど、ファルファとシャルシャには難しそうだな」

ちらっとフラットルテがファルファとシャルシャの二人を見た。二人もうなずいている。

マンジューもこれはダメだと思ったらしく、店の外に出ていってしまった。

「ファルファ、ほかの店に行ってくるね。まだまだお店はあるし」

「シャルシャもそうしたい。どうせならマンジューに選んでもらいたい」

マンジューもシャルシャの言葉に「わかった。きめる」と答えていた。

どうせ、どこがおいしいみたいな情報もないし、マンジューの選択にすべてを任せるのも悪くない。

「ご主人様、アタシは食べ終えたら追っかけますんで、ほかの店を探してください」

フラットルテがしゃくしゃくスプーンですくいながら言った。

「じゃあ、お言葉に甘えるよ」

「寒いから私はここにいるわ」「後で追いかけます」とサンドラとロザリーも残るらしい。二人とも食べられないしな。


マンジューはふらふらと大通りを旋回してから、ここだという一軒に入っていった。

香ばしい匂《にお》いがしてくるが、店の前にはたしかに「氷」という青い看板がかかっている。

ファルファとシャルシャが入っていくのに続いて、私も入店する。もう、マンジューは「いちばんにんきの。さんにんぶん」と注文をしていた。マンジューとファルファとシャルシャの分ってことだろう。

私は保護者として後ろで見守らせてもらおう。

「ここ、いいかおり、してきたから」

マンジューが理由を説明する。そう、お店選びはそんな直感でいいんだ。

ファルファとシャルシャもそのマンジューの直感を信頼しているようだ。

さあ、どんなかき氷が出てくるのかな？

ブルードラゴンの店員がお皿を持ってきた。

「当店名物のカツレツ・エビフライ・鶏の唐揚げ全部乗せかき氷、お待ち！」

すごい色物が来たーっ！

「卓上の酢の入ったソースを氷の上からかけてお召し上がりください」

なんか、大根おろしの上からポン酢をかけるみたいな発想だな……。

ただ、とんでもないものが出てきたと思う私を気にせず、マンジューはおいしそうに口からカツをかじりだした。

さらにファルファとシャルシャもナイフとフォークで揚げ物をばくばく口に運んでいく。

「お肉、おいしいね！　濃いソースが氷で薄くなって、ちょうどいい味になってる！」

「火傷《やけど》しそうな熱さのはずなのに、かき氷で冷めるので食べられる」

思いのほか、好評だ！

「意外とウケてますね～」

ハルカラが不思議《ふしぎ》そうな顔をしていた。私も似た気持ちだ。

「私は先入観にとらわれていたらしいや。反省、反省」

かき氷というのは甘いものだというのは前世の常識にすぎない。その常識だってどの土地にでも当てはまるかわからないのだ。

肉と氷を組み合わせてもいい。

そこに後ろから、氷塊かき氷を食べ終えたフラットルテがやってきた。

「フラットルテ様にも、このフライが載ってるものを一つ出すのだ！」

「それでは我も、それをください」

ドラゴン二人が注文したので、私とハルカラも同じメニューにした。ここで守りに入って、何も食べないのは後悔する。フライと氷が合うか確かめてみようじゃないか。

個人的にはあまり氷の意味がないと思ったけど、肉はおいしかったのでよしとしよう。

そのあと、マンジューの両親が帰ってきたので、ようやくあいさつをすることができた。

どんなブルードラゴンだろうと思ったが、人間形態に関してはフラタ村にいても違和感のなさそうなごく一般的な若い夫婦だった。

「いやあ、この子がご迷惑をおかけしました」

父親のほうがぺこぺこ頭を下げてきた。

破天荒《はてんこう》なことをしてる雰囲気はまったくないので、やっぱりブルードラゴンの基準が人間と違うだけなんだろう。

「また、数日どこかに出かけた時に、そちらに寄るかもしれませんが、その時はよろしくお願いいたします」

「それはいいんですけど、その時はご連絡したほうがいいですよね？」

「いや、そこはおかまいなく。無事だったら聞く必要もないですので。『返事がないのはいい便り』という言葉もありますし。家でぐったりしていたら心配もしますけど、どこかに出かけるぐらい調子がいいなら健康ということですから」

その言葉を聞いて、やはりブルードラゴンの価値観は人間と違うのだと実感した。

本人が元気で、自分の意思でどこかに行くのだから、それでいいだろうということなのだ。丈夫《じょうぶ》なドラゴンならではの発想だ。

「また、たびしたい」

マンジューもそう口にした。明確な自分の意思で。

「マンジューもああ言ってますしね。もしまたお邪魔した時も、甘やかさない程度に扱ってやってください」

「あの、マンジューって名前、使ってくれてるんですね」

お父さん、はっきりとマンジューと呼んだよね。

「はい、本人がその名前がいいと言ったんだから、それを使うべきです。力の強いブルードラゴンにつけてもらった名前もありましたが、自分が使いたい名前があるなら、それを使えばいいんです」

本当に文化が違うな……。

けど、人間でも、年をとってから自分の考えで改名する地域はあるし、おかしなことではないか。ある種、私もこの世界での自分の名前は、自分で選んだわけだ。

「そしたら、今日は帰るね。マンジュー、ありがとう」

私はマンジューに手を振った。

最後にマンジューは元気な鳴き声で答えてくれた。

「ぐあああぁぁぁぁぁぁぁぁぁ！」

前より大きくなった気がした声は集落によく響きました。

一般的なかき氷なら、氷を砕けば作れるわけだし、今度高原の家でも試してみようかな。

精霊に肥料をかけた

She continued destroy slime for 300 years

早朝、換気のために窓を開けた時、マンドラゴラっぽい草が見えた。

我《わ》が家にはサンドラがいるのでマンドラゴラが生えていてもおかしくはない。サンドラの髪の毛に見える部分はあくまでも葉っぱであり、なかには自生しているマンドラゴラに似てる部分もある。

本来、同じ種類なのだから当然だが。

ただ、気がかりな点はあった。その草がやけに元気がないように思えたのだ。

サンドラが体調不良ということも考えられるので私は確認のために外に出た。

だが、草があったはずのところには、何もない。

「あれ……？　私の見間違いかな……？　マンドラゴラにしか見えなかったんだけどな……」

これでも魔女なので、植物に関しては詳《くわ》しい自信があるのだが。

見間違いならサンドラは菜園のほうにいるのではと、菜園のほうに回った。

そこには地面から顔だけを出しているサンドラがちゃんといた。

サンドラはとくに疲《つか》れた顔もしてないので、問題はないようだ。

しかし、何か違和感《いわかん》があった。

サンドラの真ん前にもマンドラゴラっぽい草が生えているのだ。

しかも、その草はちょっと元気がないように見える。さっき見た草はそれのことだろう。

「あれだけ辺鄙《へんぴ》な土地だから、栄養も足りないわよね。それは大変だわ」

どうもサンドラは草と会話しているらしい。サンドラが植物と会話すること自体は珍しくないが、草が動いているとなると、特殊なケースである。

その草は私がさっき窓から見たのとは違うところにいるのだ。

「ねえ、サンドラ、その草は何なの？」

私が声をかけると、サンドラが地面から出ている顔を向けた。

ものすごく私が見下ろす構図になってしまってるけど、サンドラが首から上しか出してないのでしょうがない。それに、別に見下しているわけではない。


「アズサも会ったことあるでしょ。これ、マンドラゴラの精霊よ」

「あっ！　そうか、それなら移動してておかしくない！」


精霊は瞬間移動の能力を持ってるものが多い。そもそも足で移動できないマンドラゴラの精霊は瞬間移動を主な移動手段にしているのだ。

「マンドラゴラの精霊です。その節はお世話になりました」

草から声が聞こえてきた。あくまでイメージだけど、おじぎをされたような気がした。

「わざわざ来てくれたんだね。何もないところだけど、ゆっくりしていってね」

見た目が完全な草としゃべるのは、なんとなく落ち着かない。視線が合うことがないせいかな？

「いえいえ、何もないだなんてとんでもない！」

植物でも相手の謙遜に反応するんだな。価値観は人間やほかの精霊と大差ないか。

「この土壌は栄養満点です！　素晴《すば》らしいですよ！」

「植物ならではの反応だ！」

「アズサさんには以前、お名前をつけていただきまして。まことにありがたい限りです。荒涼とした高原に住んでいますと、人のぬくもりに触れることもありませんので」

これはその土地の人間が冷たいという意味ではなくて、人がいなすぎて物理的に人とも接触の機会がないという意味だと思う。

もっとも、人がいても、どう見ても植物にしか見えないんだったら、優しくしようと思わないかもしれないけど。

「あ～、そっか、名前つけたか……」

私は少々、まずい話題になってしまったと感じた。

自然と声も小さくなる。

「実は、私、なんて名前をつけたか忘れたんだよね……」

その場でさらっと決めたせいで、記憶の残りが悪いのだ。依頼から決定まで一日ぐらい猶予があれば案を紙に書いたりしてるだろうから、忘れづらいと思うんだけど……。

「いえいえ、お気になさらないでください。たとえ、忘れてしまったとしても、名前をつけてくださったアズサさんの御恩《ごおん》が変わることはございません」

「そう言ってくれるとうれしいよ」

この精霊、礼儀正しくはあるんだよな。

「当方も名前を失念してしまいましたので」

「そっちも忘れたんかい！」

そりゃ、こっちだけ一方的に責められないわな。名前をもらったほうが忘れるほうがまずいし。

「すみません、以前も名前を忘れて、聞きに出向いたぐらいですのに……」

「そういや、サンドラの故郷から戻ってすぐにもう一度聞きに来たよね」

お互い、記憶に難がある。あの時は名づけて間もないから、私のほうは覚《おぼ》えてたんだけどな。

「名前をいただいたものの、名乗る相手がおらず……。一般の植物は名前を気にすることがないので、当方も名乗る機会がないのです」

「謝らなくていいよ。お互い様だし。また、何かいい名前があったらつけるから」

次はちゃんと紙にでも書いて保管しておこう。記録は大切である。

「それにしても、ここの土はよいですねえ。おかげで、落ちていた体力を回復させることができます。ありがたいことです」

「体力が落ちてる？　そういや、あまり元気があったようには見えなかったな」

以前に会った時のマンドラゴラの精霊は色つやがほかのマンドラゴラよりひときわ優《すぐ》れていた。

マンドラゴラの中に紛《まぎ》れたら、植物に詳しくない人は一つだけ近縁の別の植物だと感じただろう。

今回はそれと比べると、くたびれてるようには見えるな。

「それよ。そのことがあって、この精霊、こっちに逃げてきたわけ」

かったるいと思ったのか、サンドラが全身を地面から出して説明を代行した。

「この精霊が普段いる土地は植物の住環境としてはそんなにいい場所じゃないの。植物もそういうところで暮らせるように特化してはいるんだけど、それでも栄養不足ってことは変わらないわけよ。で、ここ最近、水不足がいつも以上に深刻で、これはまずいと場所を移《うつ》ったってこと」

「そっか。移動できる植物はそういう時に便利だね」

本来、植物は根を張った場所から移動できないので、その土地の気候に問題が発生するともろい。

「ここは菜園だから定期的に肥料も入れてるし、荒れたところで生活してる奴《やつ》にとってみれば天国みたいなものよ。ゆっくり回復していけばいいわ」

そりゃ、このあたりの高原が肥沃《ひよく》かと問われると、別にそんなことないはずだしな。熱帯のジャングルみたいなところと比べれば植生はシンプルだし、高原というのはサンドラの故郷ほどじゃなくても、大地は痩《や》せているものだ。

菜園に寄って休養するぐらいだったら、好きなだけやってくれればいい。こっちとしては、お茶を一杯淹《い》れるよりも楽だし。

「あっ、そうだわ！」

サンドラがぱちんと手を叩《たた》いた。何か名案でも浮かんだか。

「ほら、前にハルカラが私にかけたすごい肥料があったでしょ。カントリー納税とかいうので、もらった返礼品のやつよ」

「ああ、普段は買わないような特別な肥料だっけ」

以前は水で薄めて使うものなのに気づかず、どばどばサンドラにかけたせいで、サンドラが大人になるという現象が起きた。

「あれ、まだ残ってるでしょ。せっかくだから、このマンドラゴラの精霊に使えばいいのよ」

「それはナイスアイディアだね！　じゃあ、ハルカラが起きてきたら肥料の場所を聞いてこよう」

「待つのもかったるいから、私が起こしてくるわ。もう起きててもおかしくない時間だし」

サンドラはそう言うと、つかつか玄関のほうに走っていった。

結果的に、マンドラゴラの精霊と私だけが残された。

「あの、よかったら、また名前をつけてほしいんですが」

精霊に言われた。

「急にそう言われても、ぱっとは思いつかないし、つけてもまた忘れちゃいそうだから、もうちょっと待って……」

常に名前のストックを用意してるわけでもないので、すぐには対応できない。

まして、植物の姿をした精霊に適した名前がどんなものかなんて全然わからない。

「なんでもいいですよ。マンドラゴラの精霊なんでマンドーとかでもけっこうです」

「いいかげんすぎるし、そんなんだったら自分でつけてよ。あと、こういう名前がいいみたいな希望ってないの？」

「そうですね、忘れづらい名前がいいですね」

言うまでもないことすぎる！

もう、バリバリとかゴリゴリとか、テキトーにつけるか？　そんな名前なら忘れなさそうだし。

でも、自分自身がいいと思ってそんな名前に決めるならともかく、人様の名前を雑に決定するのは気が引ける。

なかなかマンジューの時みたいにきれいにはいかなそうだ。あの時はマンジューが饅頭《まんじゅう》を食べてたところから思いついたわけだけど。

じゃあ、日本語の肥料の発音から、ヒリョーとかにするか？　……全然よくないな。

そんなことを考えていたら、パジャマ姿のハルカラが肥料のビンを持ってやってきた。手をサンドラに引かれている。

「うぅ……カジノで大穴が当たって大逆転する夢――の途中で起こされました……」

「つまり、夢の中でもまだ結果が出てなかったんでしょ。どうせ外《はず》れてがっかりする夢だったわよ。結果を見る前に目が覚《さ》めてよかったじゃない」

「いえ、現実ではそんな奇跡みたいなことは起きなくても、夢の中なら起こるんです！　だって夢なんですから！」

「それ、当たってから起きても、夢だったってがっかりするんじゃないの？」

「……おっしゃるとおりですね。カジノの夢は見るものじゃないです。得するケースがないですね」

ものすごくどうでもいい話をしてるな……。

「ふあ～あ、それはそれとして、肥料持ってきましたよ。『成長草木ちゃんゴールド』です。ええと、そこの草にかければいいんですかね。はい、どぼどぼ～」

ハルカラはその肥料を直接マンドラゴラの精霊の上にかけた。

「あれ、ハルカラ、それ、稀釈《きしゃく》しなきゃいけないんじゃないの……？」

「ふあ～あ。そうですよ。水で二十倍程度に薄めて使うようにとちゃんと書いてあります。こういうものは原液では使いませんからね――あっ、寝ぼけてたせいで原液でかけてしまってます！」

きっちりやらかしている！

「これはしょうがないです！　だってサンドラさんが急に起こしてきたんですから！　いつもより十五分早く起きたせいで、頭がぼやけてたんです！　わたしのせいではないです！」

「なんで、こっちになすりつけてるのよ！　それより、原液でかけたら、どうなるの？」

そうだ、責任の所在なんかより、マンドラゴラの精霊にかけちゃったことが問題である。

私は精霊に視線を落とした。

表面上は草でしかないので、反応がわかりづらい。

「だ、大丈夫……？」

腐っても精霊なのだから、その程度で枯《か》れるなんてことはないと思うけど。

「いつも水割りで飲んでいるお酒をストレートで飲んじゃったような反応はあるんじゃないでしょうか？」

「酒でたとえるな。けっこうわかりやすいけど」

一般の植物と違って、精霊は場を離れられるので、肥料をすべて吸い込むこともないはずだが。

「うおぉ……おいしいですね。不足していた栄養素がすべてフルで手に入ったような、そんな感じです……。力がもりもり湧《わ》いてくるというか……」

この様子だと、とくに悪影響はなさそうだ。

「よかった～。どうやら事故にはならないようですね。こんなことが起きないように、次からはわたしをいきなり起こして、肥料を使わせるようなことはしないでくださいね」

「起こした私にも責任があるっていうのは受け入れてもいいけど、ミスをしたあなたに責任がないような言い方は納得がいきかねるわね……」

これはサンドラが正しいと思う。ハルカラももう少し反省してほしい。

「こんなに力があり余ったような感覚は何百年ぶりかもしれません。今なら腕立て伏せを三百回連続でできそうですよ。いや、五百回だってできちゃいますね！」

精霊も気分がハイになっているようだが――

「草ができないことでたとえられてもよくわかりませんね～」

ハルカラが精霊の前にかがみこんで言った。それはそう。

「見た目が草なので、威厳ってものがないんですよ。どこまでいっても所詮は草と言いますか」

「いいえ、腕立て伏せを見せることだってできますよ」

精霊はそう言うと、地面からがばっと起き上がった。

いや、起き上がるという表現が正確ではないことは自分でもわかっている。

でも、そういう表現を使いたいような変化だったのだ。

純白のローブに身を包んだ女性が地面から出てきた！


頭にはマンドラゴラの草の部分がついている。

マンドラゴラの精霊が人の姿になっている！

「うわあああ！　なんか出てきました！」

ハルカラが完全に目が覚めたような、大きな声で叫《さけ》んだ。

サンドラは呆然《ぼうぜん》として、その精霊を見上げている。これはサンドラが子供の身長だからじゃない。

精霊の身長はおそらく二メートル近くあるのだ。

たいていの人間が見上げる格好になるだろう。

まさに大きさからいっても、雰囲気《ふんいき》からいっても、本来の精霊らしい神々《こうごう》しい様子である。

精霊とその周囲だけが真っ昼間ぐらいに照り輝いている。太陽ではなく、精霊が発光しているのだ。

「肥料の効き目のおかげでずいぶん力が戻ったようです。あなたたちには礼を言わねばなりませんね。本当にありがとうございます」

精霊はわずかに笑みを浮かべた。

「ど、どういたしまして……。それと、先ほどは一部表現に無礼な部分があった気がします……。

お詫《わ》びいたします……」

ハルカラは跪《ひざまず》いて言った。場合によっては、土下座《どげざ》までするぞという体勢である。

突如《とつじょ》、神が降臨したと言ってもいい状況だったし、ひれ伏したい気持ちはわかる。

「これがマンドラゴラの精霊である私本来の姿なのです。この姿になるには多くの力を必要とするため、自分でもこの姿を忘れてしまっていたぐらい、草の姿を続けていました」

見た目がしょぼい精霊だと思っていたが、本体はすごく強そうなものだったんだな。

「驚いているかもしれませんが、そんなに恐縮しなくてもけっこうです。当方は精霊で、少し皆さんより高貴な立場であるだけですので」

「この精霊、けっこう身分とか気にするタイプね」

サンドラが嫌《いや》そうに言った。

わかる。自分から偉いことを主張するあたり、上下関係をやたら気にする体育会系の空気がある。

「あの、ハルカラさん……そこまで頭を下げなくてもいいですよ？　地にへばりつけとまでは言いませんので……」

その精霊も困惑《こんわく》するぐらいに、ハルカラが下手《したて》に出ていた。

「すみません、草だから威厳がないとか言ってしまっていたので、最敬礼をしておこうと思いました」

ハルカラ、自分のやらかしをだいぶ自覚してきたな。

「ご安心ください。自分は寛大ですから。そのような些細《ささい》なことで腹を立てたりはいたしません。

マンドラゴラの頂点に立ち、マンドラゴラを導く者として礼節も兼ね備えていますから。ふふふ……はっはっはっは！」

より一層、精霊の周囲の光が強くなった。

「偉そうにしているだけあって、やけにまぶしいわね！」

サンドラは両目を手で隠した。

「あっ、けど、ものすごく成長できそうな気がするわ。光合成の効率がいつもよりいいかも！」

「はっはっは！　この光はマンドラゴラの成長に効果があるのです！」

ただ、光ってるだけではなく、マンドラゴラを守護するつもりはあるようだ。

「さあ、すべてのマンドラゴラたちよ、元気にすくすく育ちなさい！　栄光を約束いたしましょう！」

すべてのマンドラゴラといっても、ここにはサンドラしかいないけどね。

精霊は奈良の大仏みたいな片方の手だけ開いて前に示すポーズをとった。ああいうポーズってかぶること、あるんだな。

実際に偉くはあるんだろうけど、偉ぶりたい気持ちはよく伝わってくる。

サンドラはそういう態度がうさんくさく思えるのだろう。白い目を向けている。少なくとも、守護者だと認識している様子はない。せいぜい変な同胞という認識だ。

「世界のマンドラゴラたちよ、導きますよ！」

徹底して偉そうに、精霊が続ける。

「この偉大なるマンドラゴラの精霊、ええと……○△$~※□があなたたちを導きましょう!」

「名前の部分、明らかにふわふわした発音で誤魔化《ごまか》した!」

「やむをえないのです……。アズサさん、あなたからいただいた名前を忘れてしまいましたからね……。こういう時、名前がないと締まりませんね……」

名前がない弊害がこんなところで発生するとは。

「まあ、よいです……。今ならアズサさんの力を借りなくても、自分で強くてかっこいい名前をつけることだってできます。なにせ、栄光を体現した姿になっていますから」

これまで名前をつけてくれと頼んでたのは、草の姿だと自信がなかったからなのか。

見た目も態度に影響してくるんだな。

精霊は落ちている石で候補らしきものを土に書いていった。

「ええと、辞書で引く時に冒頭に来る名前のほうが記憶されやすいので、『ア』に近い発音からスタートして、それから同名の精霊や神がいるとややこしいので、かぶらないように音節の数も多めにして……そのうえで高貴に聞こえる響きがいいので……」

ものすごくしっかり検討している……。

草の時は名前にこだわりなんてなさそうだったのに。

サンドラは腕組みしながら、精霊のことを見ていた。

「前に会った時から、たいした奴じゃないと思ってたけど、普通に小物よね。ていうか、精霊って小物ばっかりじゃない？」

「いや、精霊にもいい人はいるし、大物もいるから、そういう言い方はダメだよ……」

目の前で自分の種《しゅ》を担当する精霊がかっこいい名前を考えているのを目にしたら、愚《おろ》かに感じるのはしょうがない気もするけど。

「名前はおおむね、これでよさそうですね」

やっと名前が決定したようだ。

「あとは運気が開けるか確認すればいいでしょう。あの、姓名判断の本ってありますか？」

「高貴な精霊なんだから、そんなのに頼らず、この名前にご利益があるんだぐらいのこと言えばいいんじゃない？」

そんなこと聞いてくるあたりが小物なんだぞ。

「それもそうですね。決めました！　本日から自分の名前はアルケンティアナリアということにします！」

「まあまあ強くてかっこよさそうな名前だ！」

名前の由来はまったくわからないが、ＲＰＧで言えば重要キャラなことは伝わってくる響きがある。こういうの、長いほうがすごそうに聞こえるからな。

すると、ハルカラが申し訳なさそうに手を挙《あ》げた。

「あの、空気読まないタイミングで申し訳ないんですが……」

「どうかなさいましたか？　あなたは肥料を供えてくださった方ですから、たいていのことは赦《ゆる》しますよ」

「精霊さんにお師匠様《ししょう》がつけたお名前、たしかナスカだったなと思い出しまして……」

本当に間が悪い時に思い出した！

やっと思い出した。マンドラゴラがナスに近い仲間だったと思って、ナス科からナスカと名づけたんだった。

「えっ……そういえば、ナスカという名前でした！　そうだ、それでした！」

「まあ……改名の手続きが必要なわけでもないし、好きな名前を使えばいいと思うよ……。自分が誇《ほこ》りを持てる名前が一番だろうし……」

「えっと……アルケンティアアナリア……ナスカ……アルケンティアアナリア……ナスカ……」

精霊はかがみ込んで葛藤《かっとう》しだした。

どうでもいいけど、かがんだら、足の長さがよくわかる。見た目が神々しくて、神格っぽいのは事実なんだよな。

「何度も改名するのもよくないので、や、やっぱりナスカで！　ナスカでいいです！」

せっかくつけた名前、即座に廃止されちゃった！

「本当にそれでいいの……？　私がつけた名前は、呼びやすさぐらいしか考慮してないし……」

「いえ、名前があった以上は使わないといけません……。ナスカはナスカでいきたいと思います！　ほら、ナスカってとても親しみやすくて、接しやすい印象の名前じゃないですか……。ははは……」

強引《ごういん》に自分を納得させようとしている……。

本人が決めたのなら、それはそれでいいか……。

それにしても、朝から菜園でやけに長いやりとりをしているな。そろそろ家に戻りたいけど、ナスカ（この名前で確定らしい）をほったらかしにしづらい。

と、高原にワイヴァーンが着陸するのが見えた。遠方から誰《だれ》かやってきたらしい。

誰だろうと思ったら、ワイヴァーンから降りてやってきたのは洞窟の魔女エノだった。

「先輩、新しい薬ができたので、持ってきましたよ～。『マンドラゴラ錠エクセレント』という薬です」

まずい！　よりにもよってエノか！

エノはマンドラゴラで薬を作ってるわけだから、マンドラゴラの精霊のナスカが怒るのでは……。

「こちらのピカピカ輝いている方は何者ですか？」

「マンドラゴラの精霊のナスカ様です」とすぐにハルカラが答えた。

それを聞くと、すぐにエノが跪いた。マンドラゴラの精霊から報復されると思ってもしょうがないよね。

「マンドラゴラが生育しているおかげで、商売を続けていくことができます！　ありがとうございます！　私の工房で祀《まつ》らせてください！」

謝罪じゃなくて、信仰対象として崇《あが》めるのか！

それはそうか。精霊から罰を受けるとか考えだしたら、植物も動物も何も食べられなくなるしな。

「あなたはマンドラゴラで薬を作っている方ですね。この尊《とうと》いナスカを讃《たた》えてくれるなら、すべて赦しましょう。これからも商売にいそしみなさい」

この精霊、褒《ほ》められたら、とりあえず全部認めるんだな。

「ははーっ！　ありがたやー！」「わたしも拝んでおきます！」

エノの隣でハルカラも一緒になって平伏していた。

サンドラが冷めた顔で、

「茶番《ちゃばん》ね」


と言った。

神聖な状況かというと、あんまりそんな気はしないんだよな。発光はしているのだが、発光してるだけって印象のほうが強い。

すると、高原の下のほうからまた誰か上がってきた。

なにせ、光り輝いてる存在がいるので、フラタ村のほうからでも目立つと思う。

やってきたのはミスジャンティーだった。

「急激に明るくなってるッスが、何かあったんスか？　あ〜、精霊がいるッスね」

ミスジャンティーはナスカを見て、すぐに精霊と見抜いたらしい。

「マンドラゴラの精霊ナスカです。偉いんです。はっはっは！」

「いや、そうでもないッスよ。精霊がちょっと偉かろうと、仕事柄、お客様を神様だと思ってやっていかないといけないから大変ッス」

それは飲食店をやってるミスジャンティーだけの特例だろうけど、精霊同士では相手の精霊を偉いとは思わないだろう。ミスジャンティーの反応は見慣れない同類がいるという態度だ。

「松の精霊ミスジャンティーッス。やけに態度がデカいッスけど、何か実績でもあるんスか？」

「腕立て伏せ五百回できます！」

まあまあすごいが、神聖な要素はない！

「精霊っていうことで、今日は喫茶『松の精霊の家』のドリンクは無料にしてやるッスよ」

「では、参ります」

そこは普通に行くのか。

「ずっと立っていたら足が疲れました。足で立つのは久しぶりなので」

草は足で立つわけないもんな。

やけに人数が増えた菜園の集まりも一回おひらきとなった。

そのあと、ナスカはドリンクというか水だけ注文して帰った。本体が草だからか、水以外いらないという。そこはサンドラと近い。

トラブルを起こすかもしれないので、私もついていったが、終始エノがナスカを崇め奉って、それでナスカがいい気になってるだけで、ほかにこれといって何もなかった。

それから、「では、また会うこともあるでしょう」と言って、ナスカは消えていった。

「結局、偉そうなだけで何もしない奴だったっスね」

「そうなのよ。正直、精霊というより、偉そうなマンドラゴラって気しかしないわ」

ミスジャンティーもサンドラもろくに敬意を払ってないことはたしかだった。

だが、三日後。朝食を食べているハルカラの前に、早くもナスカがやってきた。

草の状態で。

「すみません……あの肥料をまたいただけないでしょうか……？　なにとぞ、なにとぞ……」

草の時は謙虚《けんきょ》なんだ、と横で見ていた私は思った。

「まだ余ってるからいいですけど、毎度となるとご自身でお金稼いで買ってください。この肥料、けっこう高級品なんで」

「そこをなんとか……。接客は不慣れでして……」

接客が大変なのは事実だけど、デカい態度とるのが人間形態の目的だったら、そこは頭下げて働くぐらいで釣《つ》り合いがとれる気がする。

ハルカラは三拝九拝《さんぱいきゅうはい》で頼みまくられた挙句《あげく》、こんな提案をした。

「じゃあ、ミスジャンティーさんのところのお店でアルバイトでもしたらどうですか？　同じ植物の精霊ってことでなんとかなるんじゃないですか？」

「背に腹は代えられませんので、門を叩いてみます。しかし、その案は一点だけ問題があるのです」

恐縮するように草のナスカは言った。

「草の姿では接客もできませんので、先に肥料をかけてくださいませんか……？」

ハルカラも自分で提案した手前、しょうがないと判断したらしい。ふぅ、とため息を吐いて言った。

「やむをえませんね。今回はサービスということにしましょう」

「ありがとうございます！　誠心誠意働いて、お返しします！」

後日、やけに上から目線で偉そうな店員が喫茶「松の精霊の家」に登場したものの、見た目と雰囲気はたしかに高貴そうではあるので、客とのトラブルは起きてないようです。

ミミちゃんの様子がおかしくなった

She continued destroy slime for 300 years

バタン！　ドタッ！　ドンッ！　ドタンッ！　バンッ！

なんか二階が騒《さわ》がしい。

これで一人暮らしだったら、ポルターガイストを恐れたりするところだが。音の発生源の当たりはついている。もっとも、だからといって心配にならないわけではない。私はすぐに二階に向かった。

迷わずに開けた部屋ではミミックのミミちゃんが暴《あば》れまわっていた。

箱は閉まったままで跳ねたり転がったりしているので、何も知らない人が見たら本当にポルターガイストだな。

「ミミちゃん、どうしたの？　何かあったの？」

言うまでもなく、ミミちゃんから原因をしゃべってくれるわけはない。ただ、こういう時、自然と声をかけてしまうものだ。

こんな時、どうしたらいい？　取り押さえるものなのだろうか。ミミちゃんは壁にぶつかったぐらいでケガはしないだろうから、しばらく様子を見る？

初めてのことで、私があたふたしているというか、立ち尽くしてしまっているところにライカがやってきた。

「何かありましたか？　どうやら、やけに気が立っているみたいですね……」

「そうなんだよ。もしかして病気だったりする？」

「ひとまず確保して、ファルファちゃんとシャルシャちゃんに聞いてみましょう。モンスターの生態に関する本もお持ちでしょうし」

「それだ！」

私とライカはミミちゃんの箱の両側を持って一階に下ろした。

とくに噛《か》みついてきたりも抵抗したりもしないので、訳がわからないほど荒れているわけではないようだ。

ファルファとシャルシャに事情を伝えると、二人はすぐに分厚い図鑑を持ってきた。さらにベルゼブブがプレゼントしたとてつもなく巨大な至高大百科事典もライカと私で運んだ（この本は場所をとるので、ミミちゃんの部屋に置かれていた）。

「ふむ……いくつかの本を参照してみたが、ミミックは頑丈《がんじょう》で、病気の心配はほとんどないと言っていい。一般的なモンスターよりははるかに強いと考えてよいよう。ミミック特有の病気や症例も今の研究段階では存在しないことになっている」

シャルシャが至高大百科事典に乗りながら言った。本が大きすぎるので、読みづらいのだ。

「そしたら、暴れてたのは病気ではないと考えてよさそうだね」

理由がわからないままなので解決とは言えないが、ひとまずほっとはした。

「病気ではないが、あまりにも湿《しめ》った場所だと体にカビが生えることがある。しかし、湿気の多い

「洞窟に生息《せいそく》するミミックもいるので、乾燥している環境を好むとも言いきれないところがある」

そういえば、ミミックって洞窟の深いところにいるイメージはあるな……。私が観察した結果じゃなくて、前世のゲームの知識だけど。そんなところで擬態しても、よほど強い冒険者が年に数人来るか来ないかだと思うけど。

シャルシャが話している間、ミミちゃんのほうも落ち着いたのか、おとなしくなった。

「ママ、ミミちゃんの舌も荒れたりしてないよ。箱も傷《いた》んだりしてないね」

ファルファは私とライカで抱えているミミちゃんを観察しながら言った。

「ふうむ。じゃあ、何なんだろう。生態に関することとか本に書いてない？」

シャルシャは首を横に振った。

「戦闘時によく動くということぐらいしか書いていない。だが、今回のケースはそれとは違うので除外される」

そりゃ、戦う時に微動だにしない生き物はあまりいないだろう。

「誰《だれ》も見てないと判断した際に活動的になることがあるとも書いてある。だが、それにしてもやけにうるさかったとは思う。遊んでいるといったレベルではなかった」

「そうなんだよ。ちょっとジャンプしてるなって感じではないよね。ずいぶん、バタバタしてた」

これはミミックを飼った人しかわからないと思うが、おおかた正解だと思う。

犬でも猫でも、レクリエーションのレベルで活動しているのと、パニックのように動きまくるのとの違いは飼い主ならわかる。それと同じだ。

ファルファはミミちゃんの観察を終えると、二階に駆《か》け上がっていった。ミミちゃんの部屋で何か調べるのかな。

数分でファルファは戻ってきた。

「部屋にホコリが落ちてるか見てきたよ。ちゃんときれいになってたから、ミミちゃんが食べてる。だから、食欲がないわけでもないみたい」

ホコリが食用の生物の基準がわかりづらいが、長時間の絶食状態ということもないのか。食事をちゃんととっているかは、ペットの健康チェックの指標の一つだ。

「念のため、明日、魔族の土地に連れていこっか。ヴァンゼルド城下町なら獣医さんもいるだろうし」

人間の土地ではミミックというかモンスターに詳《くわ》しい医者はいないからね。

逆に言えば、魔族なら専門家がいるのではないか。

夜になると、ハルカラが工場から帰ってきた。もちろん、ミミちゃんのことも伝えた。ミミちゃんが一番なついてるのはハルカラだ。

ハルカラはわざわざ鉄兜《かぶと》をかぶって、ミミちゃんに頭をかじらせている。

つまり、ちゃんとミミちゃんもかじってくるわけだから、そこもいつもどおりと言える。

「ふむふむ。それはアレですね、アレです」

ハルカラは確信があるらしく、したり顔をしている。

「アレって何？」

ハルカラに専門知識はないので、その発言は一般人の勘のレベルとそう変わらないと思うが、妙に自信満々《じしんまんまん》なので興味はある。


「きっと、恋の季節なんですよ！」


「ああ、そういうことか」

なんでも恋に絡《から》めるハルカラだが、今回はその可能性もありうる。

ミミちゃんはいわば野生動物みたいなものだ。一人で仲間のいない環境にやってきたわけだけど、お相手を見つけたいと考えたとしてもおかしくはない。

「でも、それ、どうしたらいいんだろ。ミミックがいる場所って限られすぎてるんだよね。魔族の土地の獣医を探して、病気じゃないってわかったら、ミミックが多いところに行くか」

「それがいいと思います。ところで、ミミちゃんって性別、どっちなんでしょう？」

「それ、ものすごく難しい質問だね……」

シャルシャにまた至高大百科事典で確認してもらったところ、ミミックに性別があるかすら不明ということだった。これはわからないというより、多分区別とかないだろうという意味とのこと。

だったら、ハルカラの恋の季節説は怪しくなってくる気がするが、性別がないことと恋をするかどうかは違う問題なので、矛盾《むじゅん》とまでは言えない。

どのみち、素人《しろうと》があぁだこうだ騒いでも意味がない。ここは専門家に任すことにしよう。

夜もミミちゃんはいきなり暴れることはあったが、それも一時的なもので、数分で収まった。


翌朝、私はミミちゃんをライカにくくりつけて、魔族の土地を目指した。

見た目は貨物輸送みたいであるが、これがミミックの運び方らしい。普通の動物を縛りつけたら虐待《ぎゃくたい》だが、ミミックの場合、やたらと揺れたりする環境のほうがストレスらしいので、これでいいとのこと（シャルシャの説明による。つまり箱として扱ってあげるのが正しいようだ）。

至高大百科事典はとてつもなく分厚いだけあって、いろいろ書いてあるが、それだったら急に暴れだす理由についても書いてほしいところではあった。まあ、ミミックをペットにする文化はあまりないだろうけど。

ちなみに私だけでなく、ハルカラも工場を休んでついてきている。

不安そうな顔はしてないが、ハルカラもミミちゃんのことが気になるのだ。

ペットの問題のために農相に聞くというのもやりすぎな気がしたが、面識があるのが農相なのでしょうがない。私たちがベルゼブブのところに行って聞くと、有名な獣医を紹介してくれた。

「しかし、ミミックのことなんて獣医でもサポートの対象外じゃとは思うぞ。だいたいミミックって硬いモンスターじゃしの。病などせんじゃろ」

「守備力が高いことと病気にならないことは別でしょ。とはいえ、私たちも大丈夫だろうとは思ってるけどね。念のためだよ」

私たちは早速、紹介してもらった城下町郊外の獣医の診療所へ向かった。

紹介された獣医はガタイのいいミノタウロスのおじさんで、見た目だけなら戦士という風情だが、これは種族的な特徴だろう。

「ミミックは病気なんてしませんよ～」

あっさり即答された。だが、この即答を求めていたのだ。

これで、病気の心配はなくなった。

「そしたら、やはりミミちゃんはパートナーを探してるってことですかね？」

コイバナ好きなハルカラが楽しそうに言った。

「ミミックがほかの同種と仲良くしたい時は箱をパカパカさせるんです。暴れるようなことはしません。もっとも、本人は暴れてるんじゃなくて、甘えてるようですが」

「甘えてる？」

ライカが尋ね返した。

「そうです。ミミックが本気で暴れれば、ドアを破壊するぐらいは簡単にやれちゃいますからね。パートナー探しも同様で、恋《こ》い焦《こ》がれてたまらないんであれば、なんとしてでも建物の外に出ますよ。なので、ちょっと上の階がうるさいなという程度の暴れ方ということは、皆さんに何かアピールしているのではという気がします」

「アピール？　何をですか？」

また、ライカが聞き返した。

「それは、私にもわかりません。そのミミックちゃんが何を求めてるかまでは心でも読めないことには、結論は出せません」

ここが医者の限界ということだな。わからないことはわからないと口にできるあたり、信頼できるお医者さんではある。

「ちなみに、一般論としてミミックが要求してくることって何かあるんですかね？　ごはんよこせだとか」

ハルカラはもうちょっと医者からヒントを聞き出そうという考えらしい。

「そうですね。たとえば、かゆいからかいてくれとか」

「かゆい？　ミミックというと箱の姿をしてますが、どこかかゆくなるんでしょうか？」

ライカは不思議《ふしぎ》そうな顔をして、さらに尋ねた。

「箱の見た目でも、皮膚ですからね。アピールの理由かは置いておいても、ブラッシングでもしてあげたらどうですか？」


なお、ハルカラは「アピールの理由が発情期で同種に会いたいというものかもしれないですよね」とミミックのいるところに連れていこうと言い出した。

医者は試してもいいが、長時間、同種といるとミミちゃんのストレスになるかもしれないので、違うと判断ができた時点で諦《あきら》めろと言った。

医者としては、多分それはないだろうという意見のようだ。

こういう場合、一般的には医者の言うことのほうが正しい。

ただ、パートナー探しの可能性がまったくの0とも言いきれないので、「古道具　一万のドラゴン堂」のソーリャの許可を得て、ミミックが生息する倉庫の一つにミミちゃんを連れていった。

結果、ミミちゃんはすぐにこちらに戻ってきて、ハルカラの足にくっついてきた。

「パートナーどころか、ほかのミミックは嫌《いや》だってことで決定だね」

「ですね。ここまでわかりやすい反応をされちゃ、わたしも認めざるを得ません。そりゃ、わたしもエルフはエルフと仲良くなりたいんだろって、面識も何もないエルフのところに放り込まれても困りますもん」

まさにそういうことで、同種と会えたら幸せというのは能天気な発想なのだ。

どんなに陽気な人でも話が一切《いっさい》合わない人と狭い部屋に閉じ込められたら、嫌になるだろう。

アピールの原因はわからないものの、緊急を要する大きな問題はないだろうということで、私たちは高原の家に帰った。

ミミちゃんは高原に戻ってからも暴れるのをやめなかった。

これは何かを私たちに要求しているんだろうな。

もっとも、まだ試してない選択肢はあるので、途方に暮れて立ち止まる状況ではない。

実際、ハルカラはすぐに動き出した。いろんなブラシを買ってきたのだ。

「よーし！　ごしごし洗っちゃいますよ〜！」

ハルカラはよく晴れた日にミミちゃんを高原の外に連れ出した。

目的は散歩ではなく、ブラッシングだ。遠目には箱の修理という感じだけど。

「まずは、やわらかいブラシに少し水をつけて、軽くこすっていきます」

ミミちゃんは箱を何度か開けたり閉めたりしていた。不快だったら、もっと強い抵抗を示すはずなので、おそらく気持ちいいと思っている可能性のほうが高い。

「どうですか？　かゆいところはないですか〜？　問題ないようでしたら、少し硬いブラシに変えますよ」

ハルカラは丁寧《ていねい》にミミちゃん全体をこすっていった。これはいいスキンシップと言ってよいのではなかろうか。

「心なしか、ブラッシング前より色つやが出てきた気がしますよ。ミミちゃん、うれしいですか？」

ミミちゃんは長い舌を出して、リラックスしているようだ。

これで暴れる回数が減れば、ミミちゃんの要望に応《こた》えたことになるな。

その可能性はなかなか高い気がする。

——もっとも、そう上手《うま》くはいかなかった。

それからも二階からドタバタと音がする日は続いた。

まだミミちゃんのアピールは終わってないということだ。何かを私たちに求めてきている。

一方で、二階のドアや壁が傷だらけなんてこともない。凶暴になっているわけではなく、あくまでも意思表示のための行動なのだ。

「まあ、同じところで長く暮らしてるうちに行動が変わることもあるでしょうし、ミミちゃんにもわたしたちにも害がないならいいんじゃないですかね」

ハルカラは静観しようというスタンスだった。

たしかにミミちゃんのせいで安眠できないなんて問題も起きてないし、たまに音がするということを受け入れれば、問題にはならないわけだ。

だが、ミミちゃんが私たちにアピールしているとするなら、できるだけその気持ちを汲《く》んであげたくはある。

ただ、その気持ちがわからないので、これ以上はどうにもならないというわけだ。

「長い目で見ましょう。こういうのは、意外なところで気づいたりするものですよ」

「ここはハルカラの言葉を信じるよ。気長に待とう」

「というわけで、ミミちゃんの散歩に行こうと思うんですが、お師匠様《ししょう》も一緒にどうですか？」

「いいね。ついていくよ」

家の中ではわからないミミちゃんの望みが見えるかもしれない。

散歩中のハルカラは鉄兜を手に持っている。ミミちゃんが噛みそうだと思ったら、さっとかぶるためである。

じゃんけんで負けたほうがおもちゃのハンマーで叩《たた》かれる前にヘルメットをかぶる、叩いてかぶってジャンケンポンというゲームを思い出したが、実際にはそんなに散歩に危険はない。

ミミちゃんもハルカラの横や前を跳ねながら進んでいる。ミミちゃん側も散歩を楽しんでいる。

「ミミちゃんが噛む時は、こっちに合図を送ってくるんですよ。そろそろ行くから、ちゃんと兜をかぶれっていうのを示してくれます。だから噛まれることはないですよ」

ある意味、それは阿吽《あうん》の呼吸だな。

「ちょっとわかる気はする。なついてるペットと飼い主の関係って感じだ」

ミミちゃんが噛むのも、おそらく攻撃ではなくて甘えているしるしだと思うし。

それはそれとして。

「散歩中も変わった動きはないね。散歩を見てれば、家で動き回ってた理由が解《と》けるかもって考えたんだけど、そう簡単にはいかないか」

「そうですね〜。ちなみに、散歩中に暴れるようなことはないです。言うまでもなく、フラタ村の人に噛みついたりもしませんよ。それだったら散歩にも出せないですからね」

「じゃあ、家の中に関する要望か」

言葉が通じないことへの難しさを私は実感した。一緒に暮らしていても、それでもわからないものはわからないのだ。ほかのペットを飼ってる人も似たことを考えたことはあるんじゃないかな。

ミミちゃんは元気にジャンプを繰り返していた。

強引《ごういん》に違いを見出すとすれば、ジャンプの飛距離が長いことか。

とっとと丘を下って、フラタ村のほうに行きたがっているようにも見える。


ミミちゃんは勢いをゆるめることもなく、フラタ村の中に入った。

村ではさすがに広々とした丘の時ほど飛距離のあるジャンプはしないが、そこでも立ち止まらずに先に進む。

「体力があり余ってるみたいだね。こんなに活動的なミミックって珍しいんじゃない？」

「今日はとくにジャンプしてますね。トレーニングでもしてるつもりなんでしょうか」

ミミちゃんはやがてメガーメガ神様のフラタ村分院（と敷地横にひっそり構えるミスジャンティー神殿）のところまで来た。

門をくぐって境内《けいだい》に入っていく。境内のほうが村の道より広いもんね。

てっきり、庭を駆け回る犬みたいに、ミミちゃんは境内をぐるぐる回ったりするものだと予想していた。

けれど、ミミちゃんはまっすぐ敷地の隅《すみ》のミスジャンティー神殿のほうに向かった。

神殿といっても、メガーメガ神殿のように立派な建物があるわけでもなく、ちょっとした小屋みたいなものの前に賽銭《さいせん》箱が置いてある程度だ。

構造としては日本の小さな神社に近い。参拝者が中に入るのではなく、あくまでも外からお参りする形式である。

「まさか、お参りをしようってこと？　あそこに何か祀《まつ》ってあるって理解してるの？」

「そういや、ミミちゃん、最近神殿の敷地によく来ますね～。気に入ってるんでしょうか」

お参りは冗談のつもりだったが、ミミちゃんはミスジャンティー神殿に近づいていくし、本当に何か神秘的なものでも感じてるのか？

ミミちゃんは神殿の前でようやく勢いをゆるめ――

向きを私たちのほうに変えて、そこで大きく箱を開けた。

一休みしたのかなと思ったが、その停止した場所を見て、意図に気づいた。

そこは賽銭箱の真横だったのだ。


「まさか、賽銭箱の真似《まね》をしてるの⁉」

「あっ！　あっ！　前にもああやって賽銭箱の横で口を開けてじっとしてたことがありますよ！　メガーメガ神殿のほうの賽銭箱でも同じことをしてたこともあります！」

ハルカラが大きな声を出した。おそらく、これまで何とも思ってなかったものが一つの線でつながって興奮しているのだ。

ハルカラの言葉のとおり、ミミちゃんは今度はメガーメガ神殿の入り口前に設置してある賽銭箱の横に来て、先ほどのように箱を開けた。

「やはり、ミミックなんですね～。箱のふりをしたがるんですね～」

ハルカラはしみじみとした口調で言った。

ペットの独特の仕草を目にするのは飼い主として感無量の時間だろう。動画撮影できる機械があったら私も記録に残したいぐらいだ。

「もしかして、賽銭箱になりたいって家でも主張してたのかな？」

「それはあるかもしれませんね。散歩中に暴れないのも賽銭箱を目指して移動してたなら説明がつきますし。でも、散歩した日の夜に暴れたこともあるんですよね……」

となると、賽銭箱のふりをしたいという要求ではないのか？

いや、これがそのままの正解じゃないとしても、正解は近くにあるはずだ。

これが賽銭箱ごっこだとしたら、それをよりリアルにするためにはまだ何か必要なのではないか。

私は賽銭箱の横にいるミミちゃんに近づいた。

財布から銅貨を出して、まず本物の賽銭箱に入れる。

それから、今度はミミちゃんのほうにも入れる。

その途端、ミミちゃんが思いっきり上に跳ねた！

一回だけではなく、何度も何度もジャンプの高さを競うように跳ねまくる。

「お師匠様、これです！　ミミちゃん、喜びまくってます！　賽銭箱のふりをしたいというか、小銭を入れてほしかったんですよ！　違う箱だと騙《だま》すことこそ、ミミックの本懐《ほんかい》ですから！」

「たしかにっ！　ミミちゃんは賽銭を入れられた時、まさにミミックを生きているんだ！」

どことなく、哲学的な言い回しになってしまったが、ニュアンスは誰にでも通じると思う。

ペットとして生きている間は、誰かに箱だと勘違いされることもない。

しかし、ミミックとして違う箱に擬態して、さらにそれを成功させたいという野生の本能が残っていてもおかしくない。

「こうしてはおれません！」

ハルカラはどこかに走っていった。

数分後、ギルド職員のナタリーさんを連れて戻ってきた。

「あの、休憩中だったんですけど……。神殿で何かあったんですか……？」

「ナタリーさん、お手数ですが、うちのミミちゃんを賽銭箱だと思ってお賽銭を入れてやってください。これがお賽銭用の小銭です。よろしくお願いします！」

ハルカラが微妙に迷惑をかけている……。あとでナタリーさんに謝っておこう。

ナタリーさんがよくわからないまま、ハルカラからもらった小銭をミミちゃんに入れると、これまで以上にミミちゃんが真上に跳び上がった。

「うんうん！　はしゃいじゃってますね～。これからもどんどんお賽銭を入れてもらいましょうね～！」

ハルカラが喜んでる隣で、ナタリーさんは何が行われてるんだという顔をしていた。

いや、一番喜んでいるのはミミちゃんか。

「これはジャンプが高いのを楽しめばいいんですか？」

ナタリーさんはまだよくわかってなかった。

私もいきなり連れてこられて、小銭を入れる側だったらわからないはずだ。


その後、ミミちゃんが暴れることはなくなった。やりたいことをしっかり満たせたからだろう。

ハルカラいわく、散歩中に神殿の賽銭箱にお金を投げる人を見て、あれをやりたいと思ったのではないかということだった。

骨董《こっとう》品の倉庫にいたミミちゃんが賽銭箱を知っていた可能性は低いから、ハルカラの説はおそらく正しいだろう。

そういえば、ペットを飼うとしても種類によっては自然に近い環境で育てるべきだという考え方を聞いたことがある。たとえば、草原を走り回る動物が狭い家に閉じ込められたら窮屈だろう。

ミミちゃんの場合、住環境に関してはあまり問題ないが、自然に近い環境という意味では、ほかの箱だと騙すことがそれに当たる。

ペットを飼うのはいろいろ大変だと実感した。

後日、ミミちゃんの部屋に入ったら、大量の小銭が部屋に置いてあった。

「別に小銭を貯《た》め込みたいわけではないんだね」

この小銭はまたミミちゃんが賽銭箱のふりをしている時に入れようと思います。

回復薬を作ってる場所を知った

She continued destroy slime for 300 years

「洞窟～♪　洞窟～♪　地下三階も大詰め～♪」

「このあたりの階層は毒を持っているコウモリが出てくる。気をつけねばならない」

ファルファとシャルシャが洞窟の中を進んでいく。

その前を進むのはシローナ。

一方で私は最後尾で娘を見守っている。


今日は娘二人が冒険者ごっこをしたいというので、シローナが安全な洞窟を案内してくれているのだ。


私もついていくと言うと、シローナは隠すこともなく嫌《いや》そうな顔をしたが、ファルファとシャルシャの背後を守る役が必要だと言ったら理解してくれた。私も二人がどんなふうに洞窟を探索するのか見てみたい。

シローナは本職だけあって、娘が攻略する洞窟の難易度もちょうどいいものだった。

少し苦戦はするが、危険ということはないという絶妙な塩梅《あんばい》の場所だ。

と、シャルシャの横からやたらと凶暴で大きなモグラが出てきた。

「むっ、敵を確認。攻撃に移《うつ》る」

シャルシャは早速、手に持っている魔法使いっぽい杖《つえ》でモグラを叩《たた》く。

「あっち行けー！」

ファルファは素手《すで》でぽかぽかモグラを殴る。

短いナイフも持ってるのだが、物騒なのでナメクジみたいなモンスターでなければ手で叩いたりする。

やってることは攻撃なのだが、見た目の印象は全体的にほのぼのしている。

そのうち、モグラは諦《あきら》めたのか、自分が出てきた穴に入って逃げていった。

「ふう、追い返した。もし、複数で出現されたら大変だった」

「いい運動になったね～♪」

冷静なシャルシャとポジティブなファルファのコンビは冒険者としての相性もなかなかよさそうに感じる。

シローナも二人を微笑《ほほえ》ましく眺めていた。その慈愛の表情は私と同じだと思う。シローナの立場は妹のはずだが、やっぱり保護者視点になるんだよね。

「お姉様方、ご立派です。この洞窟にも慣れてきたようですね」

「そうだね～。少し汗をかいちゃった。ファルファの読みだと、そろそろ回復スポットがあるのかなって思ってるんだけど」

ファルファは洞窟に座り込む。

けっこう体を動かしたし、休憩したいよね。

「見事な洞察力です。冒険者が疲《つか》れてくる頃合《ころあ》いですし、この先に回復アイテムがありますよ」

洞窟設計者側みたいな微妙にメタっぽい発言だが、冒険者が使う場所が、冒険者の利便性に沿《そ》うように作られていると考えればおかしくもないか。

もっとも、シローナの場合、まさにダンジョンの保守管理業務のようなこともしているので洞窟設計者側の視点に近いのは事実だけど。

シローナが言ったように、モグラを追い返した地点から少し行った先に小部屋があり、そこには宝箱がいくつか置いてあった。

未開封のものも開いたままのものもある。

中身が何かは開けて確認するまでもなかった。

まず、開いている箱にビンが入っていたし、壁に貼紙《はりがみ》もしてあったのだ。

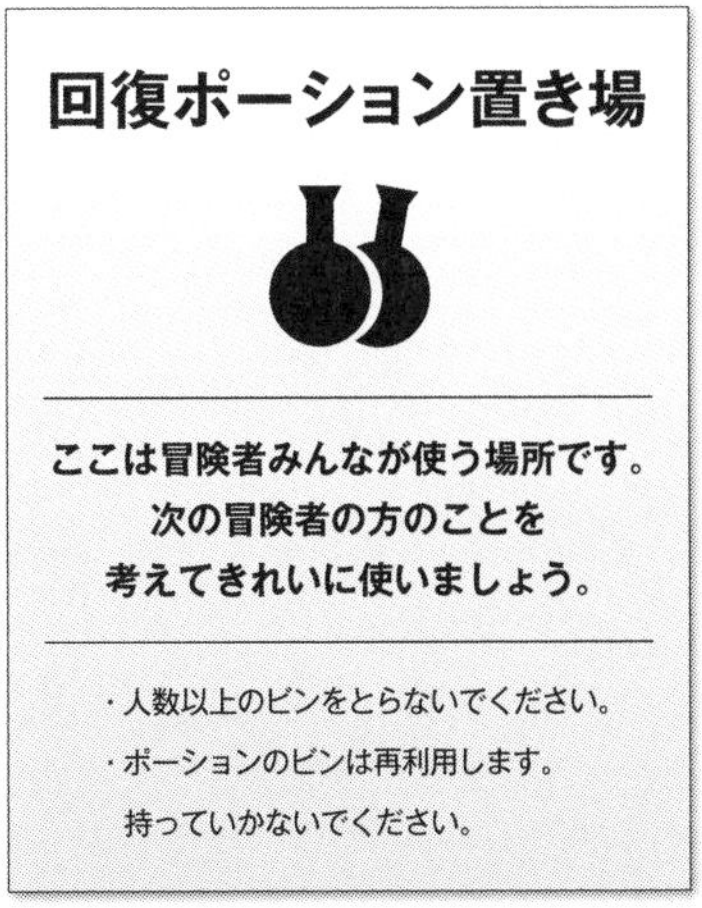
回復ポーション置き場
ここは冒険者みんなが使う場所です。
次の冒険者の方のことを
考えてきれいに使いましょう。
・人数以上のビンをとらないでください。
・ポーションのビンは再利用します。
持っていかないでください。


「体を癒《い》やす高品質のポーションが置かれています。さあ、どうぞ」

「回復アイテムを置いてるスポットってこうなってるんだ……」

前世でゲームをしている時に、なんで洞窟や塔に回復アイテムがあるんだと思ったりしたものだが、その謎《なぞ》が解けた。

登山客が次の登山客用に道しるべを作るようなもので、冒険者がそれなりにいる世界なら、助け合いの精神から回復アイテムを置く場所が作られたりするわけだ。

もっとも、ゲームだと人跡未踏《じんせきみとう》の洞窟みたいな場所にも宝箱が設置されてたりしたけどね……。

そんなところでも過去に誰《だれ》かは来てて、なぜか宝箱を置いたのだろう。

「義理のお母様って、意外でも何でもないところで驚いたりしますよね」

シローナからは変に見えるよな。

「ま、まあね……」

ファルファは早速宝箱を開けて、そこから一本ポーションの入ったビンをとった。

何口か飲んだファルファは両手を元気よく掲《かか》げるように挙《あ》げた。

「力が湧《わ》いてきたよ！　ファルファ、まだまだいけるっ！」

おおっ！　ファルファの表情は生気がみなぎっている。さっきモグラと戦った後とは別人みたいだ。

シャルシャもポーションを飲んで気合いが入ったらしく、杖を素振《すぶ》りしている。

だが、その時、ふと疑問が浮かんだ。


「ねえ、この手の回復アイテムって急激に体力が回復したりするの？」


「はい？　義理のお母様、記憶喪失でも起こしてますか？　ポーションを飲めば回復するに決まってるじゃないですか」

シローナがさらにあきれた。

まあ、もうちょっと説明を続けさせてほしい。

そしたら納得してもらえると思う。

「ほら、私は魔女だから薬草を煎《せん》じて薬を作ったりもするわけだよ。けど、そういう薬って飲んだ途端に体力が回復したりはしないよ。ハルカラの栄養酒だって元気になった気はしても傷が即座に治ることはないし」

「それに対して、ここに置いてあるポーションを飲むと全快したように見えて違和感《いわかん》がある――といったところですか？」

「そうそう、そういうこと」

この世界で言っても通じないから口には出さないが、つまり私やハルカラが現実寄りの薬を作ってる一方で、このポーションは飲んだ途端に体力が回復するというゲーム的な仕様に見えたのだ。

「こんなポーションは洞窟ぐらいでしか見ませんからね。冒険をしていなければ慣れないのかもしれません。それじゃ、ちょっとした証拠を見せましょう」

と言うと、シローナは自分のほっぺたを思いっきり引っ張った。

まるで悪夢から一秒でも早く覚《さ》めようとしてるみたいだった。

見ているこっちまで痛くなってくる。

手を離したあとのほっぺたは、赤くなっていた。それぐらいに強烈につねったわけだ。

「そしたら、ここでポーションを飲みますね」

シローナが一口、二口ポーションを飲むと――

赤くなっていたほっぺたが元のものに戻っていった！

「うわー！　本当に効くんだ！」

「ねっ。ちょっとした傷なら治癒《ちゆ》させる効果があります。もっとも、それだけポーションは高額ですよ。これは市販されてませんが、もし販売すればおそらく義理のお母様が作る傷薬の三十倍程度の値段がするでしょうね」

「三十倍……」

駄菓子《だがし》とワンホールのケーキほどの差がある。

「無論、このポーションの質がとてもいいということでもあります。これほどよく効くポーションは各地のダンジョンでも出回っていませんよ。通常のポーションは気休め程度の回復量です。だから人数分以外持っていくなとか、ビンは返却しろだとか書いてあるわけです。持っていこうとする不届き者もいますからね」

「ああ、このポーションが世界中のダンジョンに置いてあるわけではないんだね」

私が目にしたのはケーキの中でも、世界屈指の有名パティシエのケーキだったらしい。いきなりいいものと遭遇して価値判断がバグったというわけか。

ゲームの回復アイテムのように、奇跡みたいに傷が癒えるというのはやはり例外的なものであるようだ。

「この洞窟にも置いてほしいという冒険者の要望や、高値で買いたいという富豪からの意見もいただいていますが、そんなに大量生産できるものでもないですし、場所を限らせてもらっています」

「なるほど、謎が解けたよ」

そりゃ、こんな便利な回復アイテムがあるなら、冒険者はみんなほしいよね。私が冒険者の立場でも確実に要望を出す。

私も一本飲ませてもらう。

疲労がないから申し訳ない気もするが、一人一本だからルール違反ではないはずだ。

かすかに甘い水といったもので、味自体がおいしいわけではない。

けど、たしかに体が軽くなった感覚がある。仮眠をして起きた直後というか。

「思い込みかもしれないけど、効いた気がするよ」

「思い込みだけではないから、人気が出ているんですよ。本当に効いてます」

シローナの赤いほっぺたが白くなったのを見た直後だし疑うつもりはない。これは本物だ。

そこで、新たな疑問が浮かんだ。

疑問というよりたんなる質問か。

「こんなすごい回復アイテム、誰が作ってるの？」

「作るという表現は少し誤解を生みそうですね。薬品のように誰かが合成しているわけではないですから。回復効果のある湧き水を一滴ずつ集めているんですよ。冒険者が押し寄せても困るので、場所も秘密にしています」

「それはそうか。冒険者ってフットワーク軽いしね」

この液体が自然由来のものだとしたら、それが直接入手できる場所に行こうと思う冒険者が出ても不思議《ふしぎ》はない。

個人的な利用ならまだしも販売して儲《もう》けようとする輩《やから》もいるだろう。

その時――

洞窟には不似合いな音が響いてきた。

キコキコという耳障《みみざわ》りな音だ。車輪が回っているような音というか。

「なんだ、この音⁉」

振り返っても、馬車などいるわけもない。

「母さん、そっちじゃない。壁から聞こえてくる」

シャルシャが岩壁に耳を当てた。まさか、隠し通路でもあるのか？

結論から言えば、隠し通路で正解だった。

シャルシャが耳を当てている隣の壁の部分がゆっくりと前に動いた。

壁の後ろには取っ手がついていて、前後に動かせるようになっている。

「見た目が岩のパーティションみたいなものか……」

そして、壁から出てきたのは——


台車でビンを運んでいるユフフママだった。


「あらら～。奇遇ね～」

ユフフママはいつもどおりののんびりした声だった。

つまり、見つかったところで驚くには値《あたい》しないということらしい。

「せっかくだし、わたしの家でお茶でも飲んでいかない？　こんな暗いところより快適だし」

そんなこと言い出すと、洞窟の探索なんて永久にできなくなってしまうんだけども、

「ファルファ、行く～！　この洞窟、だいたい見ちゃったと思うし！」

「姉さんに同じ。人生は一期一会。洞窟で知己《ちき》と出会うなら、それもまた運命」

洞窟に連れてきてもらった姉妹二人がそう言ったので、ユフフママの家に移動することになった。

◇

移動はなんとも簡単で、ユフフママと手をつないでジャンプしたら、もう家の前に着いていた。

家の奥では崖から湧き出した水がコケ伝いにしたたっている。湿度だけなら洞窟よりはるかに高い。

精霊の移動方法は原理がよくわからないけど、こんな便利な移動方法がなければポーションの納品自体できないだろう。

「さあ、入って、入って。お茶は今から用意するから少し時間がかかっちゃうけど」

「あのさ、ユフフママがポーションを作ってるってことでいいのかな？」

私が見たのはポーションのビンを台車で運ぶユフフママだけなので、生産にまで携わってるかどうかはまだ不明だ。

「そうよ」

あっさり答えが出てしまった。

「ユフママって薬の知識ってあったっけ？　精霊は長く生きてるし、知識があっても不思議はないけど」

「薬の知識はないわね～」

「となると、ポーションをどうやって形にしているのか知りたい」

シャルシャも興味はあるようだ。

知識がないのにすごい回復薬を用意できるからくりは誰だって知りたくなる。

「お茶のお湯を沸《わ》かしてから教えようと思ったけど、先に場所を見せたほうがいいかしら。こっちへ来て」

ユフママは私たちを家の裏へと案内した。

水が至るところで湧き出しているが、その中でとりわけみずみずしい黄金色に輝くコケがあった。

そのコケにたまった水が重力に負けて、一滴落ちる。

下には大きな陶器製の水瓶《みずがめ》が置いてあって、しずくを受け止めている。

「このコケを通った水は強い回復の力を持つのよ。この水を一滴ずつ集めてるわけ」

「こんなところに秘密が！」

「だから、洞窟でも一滴ずつ集めていると話していたじゃないですか」

シローナは自分の言ったことを聞いてなかったのかという顔をしているが、言葉として正しくても、これを見てなければイメージは湧かないぞ。

「元々、このコケを伝って落ちた水は健康にいいっていうことはわかってたの。ただ、ボロボロになることとなんて普通はないから、こんな回復力があるってわかったのはごく最近のことね～」

そりゃ、自宅の裏手で満身創痍《まんしんそうい》になることなんて、なかなかない。ユフフママは誰かと戦うこともないし。

「この近くのダンジョンで働いた帰りに、ユフフさんのおうちに寄らせていただいたんです。そこでこの水の話が出て、飲んでみたら体の擦過傷《さっかしょう》がみるみるうちに治って、これはただごとではないなとわかったというわけです」

シローナの説明で全貌《ぜんぼう》が明らかになった。

冒険者であるシローナならかすり傷ができてたっておかしくない。そんなシローナがこの水を飲めば効果はよくわかるだろう。

「水がたまるペースは知れているから大量には用意できないのだけど、人様の役に立つことだと思って、近場の洞窟にだけ置かせてもらってるの」

わかってしまえば、すべて得心がいく話だ。

「このポーションはユフフママの善意で成り立っていたのか」

「それはおおげさね～」

「いいえ、まったくの善意です。ユフフさんには頭が下がります。冒険者の運営側としてお礼を述べさせていただきます」

シローナはぺこりと頭を下げた。こういうところはシローナは真面目《まじめ》だ。顔を上げると、私のほうに視線をやった。

「知られてしまったものはしょうがないですが、このポーションの採取場所が知られればユフフさんの生活が脅かされかねません。絶対に他言無用でお願いしますね」

それはそうだ。こんな素晴《すば》らしい回復薬が入手できるなら、人の家の裏手だろうと冒険者は平気で不法侵入しかねない。

「わかった。そこは絶対約束する」


それから私たちはユフフママにお茶とお菓子でもてなしてもらった。

ちなみにお茶は例のポーションを使って作っている。

「言われてみれば、ほかのお茶よりワンランクおいしい気がする……」

「義理のお母様、果物《くだもの》が高級と知ってから食べるとよりおいしくなるみたいなことを言ってますよ。むっ……たしかにおいしい気がしますね」

シローナが言うように、品質や値段を知ってから賞味すると、味が変わって感じることはあるが、この水の場合は回復効果があるので、その影響だろう。

「今はここから比較的近い三箇所の洞窟にポーションを納入してるの。家から近い洞窟で死ぬ人が出るのは嫌だしね。世界中の洞窟に設置できればそれが一番いいんだけど」

「あらゆる場所に回復薬があると、それは冒険者の生き方まで大きく変わってしまうので、このぐらいでいいですよ」

たしかにどこにでもステータスが全快になるスポットがあるＲＰＧがあったらクソゲーと言われるか……。

「ユフフさん、とっても偉いね！　ほかの人のことを考えてる！」

「なかなかできることではない。とても尊敬できる善行」

ファルファとシャルシャもユフフママを讃《たた》える。まったくそのとおり。ものすごく、人の役に立っている。

「たいしたことじゃないわよ～。偶然、ポーションが家の後ろでとれたってだけだから。ほかにも自分の家で同じものが採取できる人がいたら似たことをする人もきっといるわ」

それはそうかもしれないが、多くの場合、その人は商売をしようと思うだろう。

人知れず、ポーションを置いていくというのは、なかなかできることじゃない。

「ほんとにユフフママは立派だよ。偉大なママだね」

「あらら、そんなに褒《ほ》められてもお菓子ぐらいしか出ないわよ。ふふふ～」

人知れず活動していたユフフママだけど、褒められればまんざらでもなさそうだ。褒められてうれしくない人なんていないからね。

「そしたら評価されたついでにもう一仕事してこようかしら～。もう一箇所、ポーションを納入するつもりだったの」

ユフフママは働き者だ。頭が下がる。

「じゃあ、私も用心棒としてついていくよ。ポーションがほしい冒険者は多そうだしね」

私は椅子《いす》から腰を浮かせた。

「別に危なくなんてないわよ。気にしすぎだって」

「あくまで念のためだよ、ポーションの効き目がすごすぎるのは確かだから、ほしがる冒険者は多そうだし」

「そしたら、ユフフさんにご協力いただいている手前、自分も行くこととしましょう。お姉様たちはお菓子を食べていてください。すぐに戻りますから」

こうして、ポーションの納入に私とシローナが立ち会うことになった。

この時点ではシローナが言うようにすぐ終わることだと思っていた。


だが、ポーション人気はすさまじいものがあった。

ユフフママが台車にポーションを載せて、補充のために小部屋に入ると――

さっと冒険者四人がユフフママを取り囲んだ。

鎧《よろい》を着込んでるのが二人、軽装が二人。軽装の一人は魔法使いで、もう一人は武道家か。典型的な冒険者の集団だ。鎧の一人が多分女子で、ほかは青年だ。

「あなたがポーションを納品されてる方ですね」「どこで手に入れてるのか教えてください！」「言

い値で買いとりますから！」

うわ……。需要が高いのは予想していたが、本当に見張ってる冒険者がいるなんて……。

私とシローナがいてよかった。私たちなら追い払える。

だが、シローナが私の前に手を出して、先に進むのを止めた。

「あんまり多人数が顔を見せれば余計に目立ってしまいます。極力ユフフさんだけで解決してもらうべきです」

「そりゃ、シローナの顔は冒険者に知られてるからまずいだろうけど……このままにしてたらユフフママが……」

冒険者の記憶を消すなんて実力行使には出られないわけだし、私たちが交渉に参加しても根本的な問題は消えないけど、かといってユフフママを置いてけぼりにできるわけがない。

これは理屈の話じゃないんだ。

「お気持ちはわかります。ですが、相手はたいした冒険者じゃありません。ユフフさんだけで対処できますよ」

シローナはためらうことなく断言した。

やむなく私ももう少しだけ状況を見守ることにする。

ユフフママは「これは守秘義務なのよ。ごめんなさいね～」と両方の手のひらを広げて冒険者に説明をしていた。

もっとも、こんなところで待機していた冒険者が、それだけで引き下がってくれるとは思えないんだけど……。

案の定、「教えてくれるまで離しませんよ」などと言っている。

「あらあら、だったらわたしも実力行使で脱出することになるんだけど……」

笑顔を絶やさないままユフフママが冒険者たちに語りかける。

もちろんそれで諦めてくれたりはしなくて、三十秒ほど押し問答が続いた。

「なんとしても教えていただきます」「よろしくお願いします！」

これは自分が出るしかないかと足にぐっと体重をかけようとした時――


微笑んだユフフママが魔法使いっぽい男冒険者のあごを拳《こぶし》で突き上げた。


「ぶごっ……」

それで魔法使いは気絶したらしい。

ほかの冒険者が警戒しないとと思った時には――

「えいっ」

ユフフママが武道家っぽい男冒険者のおなかに肘《ひじ》打ちをしていた。こちらも一撃で気絶させたらしく、その場で倒れる。

でも、残り二人は鎧で重装備の戦士二人だから気絶させるのも大変だぞ――と思ったが、この二人の鉄仮面を巨大な水のかたまりが覆《おお》っていた。

高度な水の魔法だ。

「ごめんなさいね。誰も特別扱いはできないから」

窒息《ちっそく》した二人もそこで倒れた。

わずかな間に四人全員を仕留めてしまった格好だ……。

私が呆然《ぼうぜん》としていると、ユフフママのほうがこちらにやってきた。

「しばらく気絶してると思うから、ビンの納品を手伝ってもらえるかしら～？　たいしたダメージではないはずだし、ダメージがあってもここのポーションで回復できるしね」

「あの……ユフフママって強かったんだね……」

ユフフママの戦闘を見ることなんてないので、その実力なんて意識したこともなかった。

あっ、私が子供になった時に、誘拐犯と対峙《たいじ》したことがあったかな？　でも、あの時もユフフママが来た時にはほぼ解決してたから実力は見られてなかった。

「たいしたことないけど、普通の人間の冒険者には負けないわね。一応、引き下がってもらえるか交渉してみたんだけど無理そうだったから、打撃と水の魔法でどうにかさせてもらったわ～」

一方、シローナは何を当然のことをという顔をしていた。

「義理のお母様は精霊の力を過小評価してませんか？　そのへんの冒険者にはいくらなんでも負けませんよ」

これなら心配する必要がないのもうなずける。

「そっか、精霊って強いんだね。ほとんど考えたことがなかった……」

「ドラゴンの方と一緒に暮らしてるから感覚がマヒしているんですよ。あんな方たちにはほとんどの精霊は勝てません。精霊にも勝てない平均的な冒険者の能力がショボいとも言えるんですが……。冒険者の能力の底上げも今後の課題ですね……」

自分が冒険者でもあるためか、シローナは複雑な心境らしい。

「精霊は自分に関係する属性の魔法は強いみたいだしね。わたしの場合は水は自在に操《あやつ》れるわ」

ユフフママの言うとおりで、的確に冒険者を水で窒息させていた。あんな芸当はなかなかできることじゃない。

ゆっくりしていて気絶してる冒険者が起きてきても困るし、とっととポーションを置いて撤収するか。空のビンを台車に載せていく。

私は空のビンを一本、じっと見つめた。

「ねえ、ユフフママ、このポーション、少し持って帰っていい？　家でもお茶を淹《い》れようかなって思って」

「それぐらいならもちろんいいわよ。家の後ろの水瓶から分けてあげるわ」


ポーションで作ったお茶を飲んだハルカラは、「見事ですね。滋味深い味です」としみじみと語っていた。やはり、ただの水とは違うとわかるのか。

「これを使って、お酒を造ったら最高のものになりますよ」

「お酒も水が命なのは認めるけど、お茶を飲んでる最中に話をお酒に持っていくな」

こんなすごいポーションがあって、本人も実力があるのに、ひっそり暮らしてるユフフママはまさしくスローライフを送っているんだなと思いました。

「むっ。なんか、近くに来たみてーだな」

ロザリーがダイニングの何もないほうをじっと見つめた。

「えっ……壁際《かべぎわ》に悪霊でもいるの……？」

私からするとただの部屋の壁にしか見えないし、第六感みたいなものも働かないのだが。

「ああ、姐《ねえ》さん、そんな近くにいるってわけじゃないですよ。そこまで至近距離《しきんきょり》だったら姐さんでも寒気《さむけ》がしたりして気づくと思いますし。そうですね、徒歩でもおそらく十五分以上は離れたところの話ですよ」

「な～んだ。だったら怖がる必要もないな」

一キロ離れてる場所になら通りすがりの悪霊がいることもあるだろう。

「ただ、それがこっちに近づいてきてる様子ではあるんですよね」

「げっ！　だったら、やっぱり怖い！」

誰《だれ》が来るのかわからないが、霊的なものが来るというのはそういう知人が増えてからも落ち着かないものだ。

「ひとまずアタシは誰が来てるのか見てきますね。もっと近づけば答えもわかりますから」

ロザリーは平常運転の様子で、壁をすり抜けて外に出ていった。ロザリーからすればおかしなことは何も起きてないということだろう。

怯《おび》えている私が相対的にまぬけっぽい。というより、幽霊基準で見ると、人間が異常に怖がってると感じるケースはかなりあるんだろうな。誰しもよくわからないものを恐れるものだ。

じっとしていてもしょうがないので外で洗濯物を干していると、そこにロザリーが客人を連れて戻ってきた。

私の知ってる人だったので、恐怖心も消滅した。

「あっ、ナーナ・ナーナさんじゃん。お久しぶり」

「お久しぶりです」と丁寧《ていねい》にナーナ・ナーナさんはおじぎをした。

さすがに今更、ナーナ・ナーナさんやムーを見て恐ろしいと感じるわけはない。ロザリーが近づいてくると言っていたのはこの人のことで間違いないだろう。

だが、今日は少し変わったところがあった。

「あれ？　ムーはいないの？　一人？」

私の目で見たところ、ナーナ・ナーナさんしかいないのだ。

肉眼では見られないけどほかの霊がいるという可能性はあるが、気配も一切《いっさい》感じないから実際何もいないのだろう。

「それが、ひと悶着《もんちゃく》ありまして」

「ひと悶着？」

「端的に言いますと、陛下に追い出されました」

「国を追放されたってこと⁉」

なぜか、ナーナ・ナーナさんは右手をサムズアップした。

本人は割と軽いノリのようである。

「そういうことです。というわけで、帰還できるようになるまでこのへんに置いてもらえないでしょうか。食事も寝床も必要ないので、世界各地を漂《ただよ》い続けてもいいのですが、それだと本国からこちらに接触を図ることもできなくなって交渉が行いづらいので」

「一種の居候《いそうろう》をさせろってことか。霊の場合も許可がいるのかわからないけど、不都合はないからいいよ」

それこそ、食事も寝床もいらないなら、こっちの負担はないに等しい。

見ず知らずの霊がわんさか来たら困るけど、知人の滞在なら問題ない。

「姐さん、ありがとうございます。いやあ、アタシもまだ詳《くわ》しいことは聞いてないんですけど、大変なことになってるみたいっすね」

「そういえば、中身を話していませんでしたね」

そうそう、滞在の認可はしたけど、肝心《かんじん》の追放の理由を聞いてない。

私は残りの洗濯物を急ぎ気味《ぎみ》に物干しに吊《つ》るす。

「どうせ、気の短いムーがいきなりかんしゃく起こして、追放処分にするとか言っちゃったんじゃないの？　おおかた、今頃《いまごろ》本人は後悔してると思うよ」

「ですね。おおまかには合っています。陛下のせいで私が国にいられなくなったのは事実ですから」

ほら、やっぱりそういった事情のようだ。

それにしても、ナーナ・ナーナさん、流浪《るろう》の身になってもまったくのポーカーフェイスだな。ここまで気持ちが顔に出ない人もなかなかいないぞ。

あるいは、本人としては些細《ささい》なことにすぎないから感情自体揺れ動いてない可能性もあるが。

「細かいことはアズサさんのお仕事が終わってから、部屋で話します」


ナーナ・ナーナさんは部屋に入ると、私に一枚の分厚くて大きな紙を渡してきた。

「これは写しですが、同じ内容のものを陛下に奏上いたしました。いわゆる諫言《かんげん》の文書です。諫言状とか意見書《いけんしょ》と呼ぶべきものですね。こういったことを改めてほしいとリスト化したものです」

「ああ、それでキレられて追放されたのか」

こういう展開、三国志とかでもあった気がする。

実直な家臣はどこでも煙《けむ》たがられるものだ。

と、ナーナ・ナーナさんはもう一枚、紙を出した。
「ただ、よく考えたら、私たちの言葉は皆さんは読めないと思うので現代語に翻訳しました。それがこちらです」
やけに用意がいいな……。

誠に恐れながら、家臣であるナーナ・ナーナは、陛下のさらなる成長のためにあえていくつかの問題点を指摘させていただきます。

一つ、民の苦しみを考えず、新たに立派な墳墓《ふんぼ》を築こうとしておられます。民の生活のためにも、墳墓建設は中止してください。

一つ、政務を「後でやっておく」と言っておいて、のびのびにしていることが多すぎます。締め切りは無限には延びませんし、担当者の負担が増えます。政務に精勤《せいきん》してください。

おお！　想像しているのにかなり近いやつ！
真面目《まじめ》な大臣が罪になるリスクも覚悟で王に直言するやつだ。
まだまだこの先も続きがある。

一つ、臣下にダメ出ししたのに後になってご自身の間違いと気づいた時、非を認めて謝罪しませんでした。人としてどうかと思います。後でミスがわかった時、それを認める度量の広さが王には必要です。

一つ、近頃、「知らんけど」という言葉をしゃべった最後に付け加えて、責任逃れをするケースが増えています。口癖だからといっても多すぎます。

一つ、ボケの内容がマンネリ化して、つまらないです。現状維持は後退と同じです。現状維持しかできないなら、ボケなくていいです。意外性がないボケはボケではないでしょう。

「なんか、どうでもいいようなものが混じってきたな……」
「ボケがどうとか、どうでもいいだろ」

ロザリーもこの条項はいらんだろと思ったらしい。
「せっかくだから、ついでに書いておきました。どうせ言うからには全部言っておこうかなと」
勢いで過去の失点をまとめて言うの、あんまりよくないぞ。言われた側からすると「それ、今は関係ないじゃん」と思うぞ。事実としてナーナ・ナーナさんが追放されてるので、今更遅いけど。

一つ、いまいち王としての威厳が足りず、仕える気が起きない。もうちょっと、どうにかできないのか。

一つ、王としてやっていけてるのは臣下がしっかり支えているからなのに感謝の念が足りない。臣下にやってもらって当然と思って、ありがとうと言わないのがダメ。本当にダメ。

以上の内容を五日以内に改善できると約束しないかぎり、大臣の職を一時辞《じ》して隠居いたします。

ナーナ・ナーナ

「後半、むっちゃくちゃ無礼！」

「完全にムカつく奴《やつ》にケンカ吹っ掛ける時のノリじゃねえか……」

ロザリーも引いていた。

これはどっちもどっちな感じがある。

「その諫言を行ったところ、陛下は期限以内に何も言ってこなかったので、私は王国を出るしかなくなったというわけです。正直な家臣はいつの時代もうとまれるものですね。悲しいです」

本人は悲しいと言ってるが、顔はとくに悲しそうではない。

表情に出づらいとかじゃなくて、きっと別に悲しんでないのだと思う。

「こんな言い方したら、ムーもむっとするから関係も悪化するでしょ。ていうか、追放されたんじゃなくて自分から出ていっただけでは……」

「いえ、出ていくと覚悟を示したにもかかわらず、陛下から反応がなかったわけですから追放処分と同義です。泣く泣く王国から出ていきました」

「絶対泣いてないだろ」

「泣いてなかったかもしれませんが、王国を離れるしかないということで気が動転していてよく覚《おぼ》えていませんね」

いけしゃあしゃあと言いたいこと言っている。

気が動転したんだったら、諫言状の現代語訳は用意しないはずだから、すべて計画どおりだったのではないか。

とはいえ、こんな苦情に近いものを突きつけて、すぐに帰るのもきまりが悪いのは確かだろう。

この手の問題は時間が解決するケースが多い。

接着剤も0秒ではくっつかないし、パンが五分で発酵しないようなもので、ある程度寝かせておくことが必要なのだ。

「そしたら、ほとぼりが冷めるまで空いてる部屋をお貸しします。そのへんを好きなように漂うつもりなのかもしれないけど、定位置はあったほうがいいでしょ?」

「助かります。流寓《りゅうぐう》の身の上としては、その恩に頼るしかありません。故国を思う詩を詠むことだけが今の私にできることです」

「ほんとによく口が回るな!」

この人、絶対に楽しんでるだろう。

「そしたら、ロザリーさん、このあたりで霊が楽しめる暇《ひま》つぶしスポットがあったら教えてください。行ってみようと思います」

「霊が楽しめるところって言われてもな……。あんまり、このあたり悪霊もいないんだけど、ちょっと離れた場所まで行くけどいいか？」

「ええ。王国からの距離を考えれば、おまけみたいなものです。どこへなりとも行きますよ」

それはそうだ。おそらく軽いノリでここまで来たように感じるが、霊だとしても長旅ではある。

「では、また皆さんが揃《そろ》った頃合いで、ごあいさつもさせていただきますね。なにとぞよろしくお願いいたします」

「はいはい。全員顔も知ってるから、ほとんど不要な気もするけど」

「生きてる方の口に合いそうなお菓子《かし》も途中で買ってきたので、それもお渡しします」

「気が動転どころか、ここに来るのもスケジュールとして組み込んでただろ」


ナーナ・ナーナさんにはミミちゃんの隣の部屋を使ってもらうことにした。

普段ろくに掃除してないのでホコリっぽいが、霊には無関係な要素だし、ちょうどいいだろう。

それでも、一応の掃除はしておいた。

幽霊にとって自分の部屋というものがどれだけ意味を成すかよくわかってなかったが、けっこうナーナ・ナーナさんは自分の部屋にいることが多かった。ロザリーはだいたいそのへんを漂いまくっていて、一箇所にじっとしていることは少ないので、これは意外な点ではあった。

部屋で何をしているかというと、主に読書のようだ。今の時代の紙の本を持ってきていた。『チェスの技法　最新版』とか、いかにも暇つぶしにはちょうどよさそうなものだった。

子供たち含め、ほかの家族ともトラブルを起こすこともなくやっている。

ナーナ・ナーナさんは人をおちょくるところはあるが、逆に言えば、どれぐらいなら許されるかを心得ているので、高原にいづらくなるようなことをする心配はなかった。

はっきり言って、いたって平和である。

だからこそ、王国を飛び出した発端《ほったん》が謎《なぞ》とも言えた。

「あの、ぶっちゃけた話、ムーとは何があったんですか？」

みんなが揃っている朝食の時間に、ナーナ・ナーナさんも下りてきていたので、率直に話を聞いてみた。

「理由なら前にお伝えしたとおりですが。陛下を諫《いさ》めたことに偽りはありません」

相変わらずストレートにナーナ・ナーナさんは答える。家族がこんなノリだったら気分を害してるのではと思うところだが、おそらくこの人は何とも思っていない。

「そこを疑ったりはしてないよ。でも、なんとなくであの諫言状を出したってことはないでしょ。ムーとの関係が相当ぎすぎすしてたとか、許容範囲を超えることをされたとか、何かあるんじゃないの？」

「あ～、ムーの奴なら、余計な一言どころか、二言、三言言いそうなもんだよな。ただでさえ言葉が強く聞こえるし」

ロザリーはムーのことをよく理解している。

私は以前にシローナさんがシロクマ大公とケンカした時のことを思い出していた。

長く一緒にいる者同士でもずっと仲良くやっていけるわけではない。近くにいすぎるからこそ、対立することもある。

あまりおせっかいを焼くのもよくないが、解決の手助けをできるならしたほうがいいとは思う。

どちらにしろ、まずは状況の確認をしておきたかった。

ナーナ・ナーナさんが高原の家に来て、数日が経過している。来た当初よりは突っ込んだ話が聞けるのではと思った。

「出ていく覚悟まで決めて行動した直接的な原因は――ないですね」

「本当に？　なんか、あったりしない？」

「小さなイライラが積み重なった結果です。いわば、一発の威力によるものじゃなくて加点制なわけです」

「加点制！　そういう考えもありうるか」

そりゃ、死者の国の人間関係ってとてつもなく長い間、固定してるからな……。

ちょっとしたイライラも果てしなく繰り返されれば、イライライライライライライライライライライライラとかになることはあるのか。

「これは皆さんの時間のスケール感だとわかりづらい話だと思います。それでも、普通の人間と比べればずっと長く生きるでしょうから、気をつけられたほうがいいかもしれませんね」

こう言われてしまうと、それは違うと反論する権利もないので、受け入れるしかなくなる。

「時間の認識についての話は興味深い。もう少し伺いたい」

「シャルシャさんがお聞きしたいなら、いくらでもお話ししますよ」

ナーナ・ナーナさんがシャルシャと話をしている間、人によって生活してきた時間もずいぶん違うんだなと考えていた。

私もスライムを倒す生活を三百年は続けられたけど、それが三千年だったら、「もうやってられん！」などと言い出す可能性はあるのだ。

そうならないようにしたいところだけど、千年後や二千年後に自分がどうなってるかなどわからない。極論を言うと明日のことだってわかりはしないのだ。

ちょっと、これからは一日、一日をほんのちょっとでも大切に生きるって意識を持ってのぞむべきかもしれない。

私は一人で勝手に納得していたが、シャルシャ以外の家族は何も口にしなかったので、私が考えすぎなだけかもな。


その二日後、ちょっとした動きがあった。

サーサ・サーサ王国から使者がやってきたのだ。

使者は三人の霊で、その役割からかやけに派手で高そうな服を着ていた。全員が霊なので、どうやって服の着せ替えをしているかよくわからないが、私がロザリーに服を着せる魔法を作れたぐらいだから、幽霊ばかりのサーサ・サーサ王国はそれぐらいは簡単にやれるのだろう。

使者はムーからの「とりあえず一度帰ってこいや。そこで話し合うってことでどないや?」という内容とも言えぬ内容を伝えてきた。

交渉の第一段階としては間違いではない。

いきなり相手の要求を全部呑《の》むのは愚《おろ》かだ。

だが、ナーナ・ナーナさんはこの使者を、

「私は陛下に申し上げたのです。返事は陛下から直接お聞きします。あなたたちは話をする格ではありません」

と言って、追い返してしまった。

とぼとぼ去っていく使者たちの背中を見ると少し同情したくもなったが、

「こんなしょうもないことで、ほだされてしまったら何も変わりません。向こうが問題点を改めるとはっきり言わないかぎりは私も帰れませんよ」

というナーナ・ナーナさんの言葉はなるほどと思えるものだった。

私は本格的な交渉をしたことはないけど、正しい気がした。

「こういうのはすぐに折れてしまうと舐《な》められてしまいますからね」

「そうだね。気長にやってくれたらいいよ。締め切りはない」

一週間後、ムー側は交渉の次の手を打ってきた。

「どうも～。ペコラでーす♪　同盟国の王から仲介に入ってくれと言われて、やってきました～♪」

ここでペコラが来るとは！

大きなワイヴァーンが着陸したので、いったい何かと思ったらペコラとその配下の魔族たちが降り立ったのだ。

正式な使者という雰囲気《ふんいき》を出すためか、たんに仕事が忙しいのか知らないが、ベルゼブブやリヴァイアサン姉妹のような私と面識ある相手の顔は配下にいない。私の家の前がちょっとだけものものしくなった。

そうか、間に偉い人物をはさむというやり方もあるのか。これだとナーナ・ナーナさんもやりづらいのでは……。

「お帰りください。私は自国の陛下が来ないなら、話はできません」

ペコラにも塩対応だ！

「え～！　せっかく来たのにそれはひどくないですか～？　わたくし、けっこう忙しいんですよ」

ペコラはわざとらしく不服そうな顔をする。

交渉ならペコラも慣れているからな。ナーナ・ナーナさんも苦戦するんじゃなかろうか。

「すぐに追い返されたとなると、わたくしの面目《めんもく》も立ちません。ぷんぷんです！　ムーさんと話し合うと約束してください」

ペコラが面目なんて気にしてるわけはないので、すべては計算ずくの発言だ。自分が魔王だという価値をよくわかっている。

ナーナ・ナーナさんがあまりにペコラをないがしろにすると、そこを無礼だとペコラに責められてしまう。

難しい局面に入ったけど、ナーナ・ナーナさん、どうする？

ナーナ・ナーナさんは一呼吸置くような、ため息を吐いた。霊なので息はしていないが、ため息はできる。

「私は高原の魔女アズサさんに取り次ぎ役をお願いしております。魔王陛下、アズサさんとじっくり、ゆっくりお話しいただくというのでどうでしょうか？　お茶の用意は私がいたしますので」

「それはいいですね～。お姉様とは積もる話もいろいろありますし♪」

「私、都合のいい立場で使われてない⁉」

だいたいペコラは絶対に私と交渉の話をする気ないだろ。

「魔王陛下が同意してくれましたので、アズサさんもよろしくお願いいたします。屋敷の裏手にテラス席みたいなものを用意するというのでどうでしょう？　それぐらいの準備なら私も手慣れています」

「いいですね～。わたくしはそれで異論ありません！」

「私がまだ、うんと言ってないよ！　おい！　誰か話を聞いて！」

結局、私は押し切られて、ペコラとお茶会をすることになった。

ナーナ・ナーナさんはその間にどこかに行ってしまったので、ナーナ・ナーナさんの作戦勝ちと言えると思う。

もっとも、ペコラのほうは純粋に楽しんでいるので、私以外は全員勝利ということかもしれない。

「ふふふ～、こういうことになるんじゃないかと思って、仲介をお引き受けしました♪」

ペコラはお茶にハチミツを入れて、くるくるスプーンでかき混ぜている。

「ペコラはペコラで予想していたのか……。裏の読み合いに私ばかり振り回されてるな……」

高原ののんびりした暮らしに政治なんて絡《から》まないからな。せいぜい、社長のハルカラが仕事で多少は駆《か》け引きを駆使してるかもしれないぐらいか。

「ま～、どっちみちわたくしとしても真面目に仲介をするつもりはなかったんですけどね」

イタズラっぽく、ペコラは笑う。

「そうなんだ。だったら、ムーは選ぶ相手を間違えたな」

「だって、ずっと一緒にやってきた人とのケンカで、誰かをはさんでどうにかしようとするのはよくないですよ。解決したつもりになっても、すぐにぎくしゃくしちゃいます」

「たしかに……。言われてみれば、それはそうかも……。ぼんやりした仲直りだと、顔を合わせてるうちにまたイライラすることが起きかねないな……」

「これが一年に一回しか会わないような関係の人なら、第三者を入れて交渉するのも有効だと思いますよ。でも、ムーさんとナーナ・ナーナさんはおそらく毎日に近い頻度で会ってるでしょう。そこは思ったことをお互いにぶつけるぐらいでないと、またナーナ・ナーナさんが出ていってしまう結果になるだけです」

「おっしゃるとおりだ。やっぱりペコラは頭がいいな」

「もっと褒《ほ》めてくれていいんですよ、お姉様♪」

王や大臣の話だから、ついつい政治的な意味合いで見てしまっていたが、毎日会うとしたら、ほとんど家族の話みたいなものだ。

なあなあで終わらせたところで、それは何も変わってないに等しい。

「あと、そろそろナーナ・ナーナさんも潮時《しおどき》かなと思ってるんじゃないですかね。彼女の目的はサーサ・サーサ王国から出ていくことじゃなくて、ムーさんを反省させるためでしょうし」

「そんな気はしてた。あの人、話し合いの機会そのものは蹴《け》ってないんだよね」

ここに来た時、ナーナ・ナーナさんはこう言っていた。

――世界各地を漂い続けてもいいのですが、それだと本国からこちらに接触を図ることもできなくなって交渉が行いづらいので。

彼女がやってるのは戻る気がない家出ではなくて、ムーの態度を改めさせて王国に帰ることなのだ。

「こういうことはけっこうあることです。お姉様はナーナ・ナーナさんが気が短いと思われてるかもしれませんが、むしろ逆ですよ。なにせ大臣をやってる期間がものすごく長いですからね。イライラさせられる回数も大量にあったはずです」

「イラついたことを加算していくととんでもない数になるだろうな……」

そこは私では想像できない次元の話だ。

「というわけで、わたくしはムーさんに、ナーナ・ナーナさんは直接会っての話し合いしか受け付けないと言ってると伝えるつもりです。それでムーさんが反省の色を見せる以外に方法はないですから」

「もう、ペコラは全部わかってるんだな」

もっとも、本来の交渉というのは、こんなふうに形に入る前におおかたのゴール地点が読めているものなのかもしれないが。突如《とつじょ》、天才的な解決策がひらめくようなものではないだろう。

話し合いなんて分野に詳しくない庶民の私は振り回されるだけだ。

世界中を行ったりきたりさせられてるわけじゃないから別にいいけどね。

「ところで、魔法配信のことでお姉様に相談があるんですけど」

「交渉に関しての話、完全に終わったんだ。ここからはどうでもいい話だ」

「だって、お姉様と細部を詰めることじゃありませんし。それと、どうでもいい話じゃないですよ。むしろ、ここまでがお姉様にいちいち言うまでもない話だから、不要な部分です」

ペコラはさんざん雑談をしたあと、私に話した内容をナーナ・ナーナさんにも確認をとって、帰っていった。

さらに五日後、ようやくムー本人がやってきた。

お供も連れずに単身で。

おそらく、そうしたほうがいいとペコラがアドバイスしたのではないか。

「久しぶりやな……。なんや、元気にやってるようやないか……」

高原で顔を合わせると、ムーのほうから口を開いた。どうでもいいけど、高原に突っ立って話し合うと決闘でもするみたいに見えるな。

「はい。休暇を楽しませていただいていました」

言いづらそうなムーに対して、ナーナ・ナーナさんは淡々《たんたん》と答える。

「誰かのせいでイライラさせられることもないですしね」

きっちり皮肉を言った！

「おい！　思っててもそういうことを口にすんなや！　グサッとくるやろ！」

「グサッとくるということは心当たりが自分にもあるということでは？　それともまったく身に覚

えがないのに出ていきやがってと苦情を言うためだけにここまで来たんですか？」

やっぱり口ゲンカだったら、ナーナ・ナーナさんは強いと思った。相手を攻撃するボキャブラリーが明らかに豊富だ。

ムーは黙り込む。

ここは認めづらいだろうな。自分の負けだと宣言するのに近いものがあるからな。

「納得がいってないようですね。それもしょうがないです。私も受け入れられないなら王国を出ていくと書いてしまいましたし、このまま辺境の地で暮らすことにします」

私たちが楽しく住んでる場所を辺境呼ばわりするのはやめてほしい。のどかでもいいところなんだぞ。

「会うだけだったら、何も変わりませんよ。目的があるからここにまで来たんじゃないで――」

「少し黙れ！　ずっとしゃべり続けられたら、こっちも何も言えんやろ！」

いつもの会話のノリでしゃべることではないからな。

時間がほしいというのはムーの切実な本音だろう。

しばらくムーは下を向いていたが、ようやく顔を上げてナーナ・ナーナさんを見た。

覚悟も決まっているように見えた。

「まず、新しい墳墓を造るのはやめる……」

「それは了承しました。ほかはどうですか？」

「う、うちが悪かったわ……。まずいところは直すから戻ってきてくれ。大臣がおらんのは困る……」

「本当ですね？　今後は、仕えている大臣に感謝の気持ちを持って接してくれるんですね？　召し使いのように扱ったりしませんね？」

「そうや！　ほんまにありがたいって思ってるから戻ってきてくれ！」

ナーナ・ナーナさんは笑顔でうなずいた。

ああ、そんな表情もできるんだな。

「わかりました。これ以上、出奔《しゅっぽん》する理由もなくなったので戻るとしましょう」

よかった、よかった。サーサ・サーサ王国の問題はこれで一件落着だ。

私と一緒に見守っていたロザリーは手を叩《たた》いていた。幽霊なので音は出ないけど。

ムーが頭をかきながら私のほうを向いた。

「自分らまで巻き込んで迷惑かけたわ。すまんかったわ」

「巻き込まれはしたけど、迷惑に関してはかかってないからいいよ。今後はもうちょっと仲良くやってね」

「それは努力はするけど……多分またこんなことになるやろな」

ずいぶん弱気な発言！

「おいおい、そこは勢いで、気をつけるとか出ていかれないようにするとか答えるところだろ！」

ロザリーがあきれたように言った。

「そりゃ、最初のうちは気をつけるで。反省の効力が残ってるからな。でも、時間が過ぎていくうちにその気持ちも風化していくやろ。それはしゃあないわ。何事にも限度ってもんがある」

おいおい、ぶっちゃけるにもほどがあるぞ！　謝罪した舌の根も乾かないうちに！

「これまでも七百年に一回ぐらいのペースで、ナーナ・ナーナがキレて出ていくことは起こってるんや。数学的に考えれば、そこは繰り返されるやろ」

あっ、過去にも何度も起きてることなんだ……。

「前回出ていった年を確認してみたら、六百七十二年前でした。反省の効力が残るのが約二百年で、そこからまたイライラさせられることが増えて、五百年ほどで我慢《がまん》ができなくなりますね」

ナーナ・ナーナさんもムーの言い訳めいた言葉に腹を立てることもなく認めた。

「七百年ほどの間隔で起こるイベントか……。もはや、自然現象みたいだ……」

「長くこの世界に留《とど》まっているとそんなこともあります。七百年ほど先に皆さんが高原で生活していたらその時はよろしくお願いしますね」

七百年後か……。自分でもイメージできないほど先だな……。

「七百年後もこの土地で幸せに暮らせてたら、部屋ぐらいはお貸しするよ」

霊の時間の観念は生きてる者と違いすぎると改めて感じた。

◇

こうしてサーサ・サーサ王国の問題は、将来どうなるかはわからないとはいえ、とにかく解決した。

ナーナ・ナーナさんの部屋は当たり前ながら、まったく汚れていなかった。立つ鳥跡を濁《にご》さずといったところか。

「これは掃除の必要もないね」

私は雑巾《ぞうきん》を持っているライカに言った。二人で掃除をやったら、すぐに終わってしまった。

「廊下をホウキで掃いて、ホコリをミミちゃんの部屋に食事用として入れれば、それでおしまいだね。じゃあ、ライカはもう戻ってくれていいよ」

「あの……ちょうどよい機会なのでお聞きしたいのですが」

ライカの雑巾を持つ手になぜか力が入っていた。穴でも空きそうなぐらいに。

そんなに気を張るようなことでもあるのか？　私の目からはライカが問題を抱えているようには見えていなかったけど。

「ん？　何かあったの？　何でも聞いて」

いつもどおりの態度を装って答えたけど、私も緊張はした。いったい何だ……？

「ナーナ・ナーナさんが一時的に自分の土地から離れていらっしゃいましたよね」

「そうだね。まさにこの部屋にいたね」

ナーナ・ナーナさん関連のことでよくないことでもあったか？

あの人、ずばずばひどいことを言うから、嫌《いや》なことでも言われたりした？

「出ていった理由はイライラがどんどん溜《た》まって我慢ができなくなったから、とおっしゃってましたね……。具体的な大きなきっかけがあったわけではないと」

「だね。長くムーと一緒にいるからそんなこともあるよね」

ライカはおどおどしている。まだ、その理由が読めない。

どうもナーナ・ナーナさんに対する苦手《にがて》意識などとも違うようだ。

「その……我も知らず知らずのうちにアズサ様を不快にさせるようなことをしていて、それが蓄積していないだろうかと……少々不安になりまして……」

「えっ!? そんなことを気にしてたの!?」

「まずいことがあったらその都度教えていただけるとうれしいなと……」

「ないない！ 本気でないよ！ ライカにはお世話になりっぱなしだよ！ むしろ、私のほうこそライカがおかしいと思うことしてない？」

「ありません！ アズサ様はいつも我の目標です！」

ライカが手を振って否定する。

「私も不満なんてないから心配しないで！」

私もライカに釣られて、手を横に振った。

それからお互いに緊張の糸が切れたというか、糸が緩和したというか――

「ぷっ……ははははっ！」

私は笑いだしてしまった。

「ライカは気をつかいすぎだよ～。知らないうちに不満を溜めたりしないから心配しないで」

「ははは……。ナーナ・ナーナさんの言葉を聞いて、急に不安になってきてしまいまして……」

「いや、気持ち自体はわかるよ。ナーナ・ナーナさんを見てたら、自分の場合はどうだろうって考えちゃうよね」

長くいることで相手に甘えすぎるというか、相手の負担を忘れてしまって、それがまずいことにつながるケースもある。一般論として、そういうことはある。

だから私もライカもそうならないように気をつける意識はあっていい。

そして、気をつけようと思ってる間は、こういうのは大丈夫なものなのだ。

「掃除終わったし、お茶でも飲もうか」

「そういたしましょう」

ナーナ・ナーナさんが来て、自分にもほどよい刺激になったなと思います。

娘が博士になった

She continued destroy slime for 300 years

「なんか、やけに大きな荷物が届いたのだ」

フラットルテが厳重に梱包《こんぽう》された包みを持って部屋に入ってきた。

外に出ている時に何か配達されたものを受け取ったらしい。

私はテーブルで通信教育の飾り文字の勉強をしていた。なんだかんだで上達している。ファルファとシャルシャは同じテーブルで本を読んでいる。やってることはバラバラだが、一体感はある。

「誰《だれ》か注文でもしたのかな？　割と貴重品って感じだけど。やけにしっかり包んでるし」

布でぐるぐる巻きにされてるうえに「水濡《ぬ》れ厳禁」の文字も書いてあるのが見えた。

水に濡れるとダメなものって種類が多すぎてまだ何かわからない。

フラットルテは荷物をぐるっと回転させて、貼《は》ってある伝票を読んだ。

「ええと、誰宛てかというと……シャルシャと書いてあるのだ」

「シャルシャ宛て？　誰から来たものだろ」

てっきり、ハルカラがやったカントリー納税の返礼品が来たとか、工場から送った在庫が来たとかだと思っていた。

「送り主はシャーディニア大学事務局と書いてあるのだ」

大学事務局？　シャルシャが資料の取り寄せでもしたんだろうか。

シャルシャはすぐに立ち上がると、その梱包物をフラットルテから受け取った。かさばる割にたいして重いものではないらしく、シャルシャ一人でも問題なく両手で抱えている。

テーブルに荷物を置いてシャルシャが布をほどくと、丈夫《じょうぶ》そうな羊皮紙《ようひし》やら、紙の書類やら、小さなプレートみたいなものやら、取扱説明書みたいな雰囲気《ふんいき》の冊子やらが入っていた。

詳《くわ》しいことはさっぱりわからないが、いかにも大学から送られてきたという気はする。

シャルシャは羊皮紙と紙の書類にざっと目を通している。

質問するとしても、シャルシャが落ち着いてからでいいだろう。

ファルファも私と同じ気持ちなのか、それとも何が郵送されてきたか知ってるのか、とくに声をかけたりせず、シャルシャに視線だけ向けている。妹をそうっと見守っているようにも見えた。

書類の確認が終わると、シャルシャはこくこくと深くうなずいた。

それから部屋の私たちにこう言った。

「シャルシャ、通信教育で続けていた博士《はくし》課程を正式に修了することができた。これで正式に博士号を得た」

「通信教育でそんなことやってたの⁉　しかも博士になったの⁉」

初耳で、すごい情報が来た！

「ママ、シャルシャはファルファと二人で暮らしてた時から通信制で大学の授業を受けてたんだよ」

ファルファが教えてくれた。昔から通信教育みたいなことをしてたのか。

「でも、大学から教材が送られてくるようなレベルのことは、二人で暮らしてた時にもう終わってたんだ。そこから先に進みたい人は論文を書いたりして大学に送るんだよ」

「そっか。大学とほぼやりとりをしてないから、私も気づかなかったのか……」

「修士課程までは姉さんと二人で暮らしてる時までに終えていた。だが、その次のステップの博士課程の論文となると、ただでさえ通信制では資料も閲覧しづらいし、時間がかかる。かといって不十分な内容で妥協するべきでもない。いつか完成すればいいだろうという気の長い気持ちで取り組んでいた」

シャルシャは博士課程を修了したというのに得意げな様子もなく、いつもどおり淡々《たんたん》と話す。

「そしたら、長い時間をかけて書き上げた論文を送ってたんだ」

「送ったのも五年ぐらい前」

「五年前！　そんなに待ってたのか！」

「通信制だけで博士号まで与えるのは審査に時間がかかりがち。それと、すでに生活基盤がある人間がこつこつやっているケースが多いため、大学に通っている者より後回しにされやすい」

そこまで時間がたてば、シャルシャじゃなくても、ガッツポーズして叫《さけ》ぶだなんて喜び方はしづらいか。

たとえばサッカーの試合を観戦してて、五年後に勝ったことが報告されたとしたら、ワールドカップの決勝戦でもお祭り騒《さわ》ぎみたいなことは起きないはずだ。次のワールドカップももう終わってるし。

「ファルファは同じように通信制の大学みたいなのはやってないの？」

「ファルファはやってないよ。通信制だと実験が多いジャンルは難しいし。シャルシャの場合は、通信制に向いてたんだと思う」

言われてみれば、自宅でいろんな薬品を用意するとか、明らかに大変だな。

「通信制だけで博士課程を修了するのは本当に時間がかかるもの。さらに論文が審査で落ちるほうが多い。実際、シャルシャも過去に受理されなかったこともある。なので、やっていることも言ってこなかった」

シャルシャはプレートに視線を落としながら言った。

おそらくそれは記念品みたいなもので、羊皮紙は修了証だろう。

「シャルシャでも失敗経験があるってことは本当に狭き門なんだね」

「自分で言うのも変かもしれないが、通信制だけで博士課程まで進む人間の中には変わり者も多い。とくに文学部だと通説からあまりにかけ離れた独自の主張を行う者もいる。そういう相手の論文を気軽に受理すると大学の評判が落ちる。なので、本当に信頼できる研究か慎重に調べられる」

ありそう……。

世界規模で見たら、そういう自称研究者って腐るほどいるんだろうな。

研究している以上は研究者であることまでは事実だから自称しても問題ないのかもしれないが、

どんな先行研究ともかけ離れて、自分だけの世界に行ってしまってるなら、大学側も学問としては認めづらいだろう。

「シャルシャの研究もとくに批判を受けていたりしたわけではないが、それほど研究の蓄積があるような部門とは言えなかった。なので、問題のないレベルのものという扱いを受けるのに長い時間がかかったのは仕方ないと思う」

誰もやってないことだと、その研究が正しいのかどうかすら判断に困るってこともありそうだよな。審査する側も一苦労だろう。

「それで、どんな研究を提出したのだ？」

フラットルテが核心に踏み込んだ。

「そう、私もそれが聞きたい」

博士課程の論文なんてマニアックすぎて説明を聞いても理解できないかもしれないが、それでも興味はある。

シャルシャは少しだけ恥《は》ずかしそうにしながら、プレートをこっちに向けた。そこにタイトルも書いてあった。

「論文名は……『スライムを含んだ習俗・伝承の包括的収集とその研究』」

「スライムに関するものか。まさにシャルシャらしいな」

あと、審査に時間がかかるのもわからなくはない。スライムの習俗や伝承が何を意味してるかよくわからないが、流行してる分野でも、研究が蓄積されてる分野でもなさそうではある。

「口で説明するより、草稿《そうこう》を持ってきたほうが早い」

シャルシャはそう言うと、部屋に戻ってノートを取ってきた。

「ここを見てほしい」

シャルシャが手で示した箇所には、こんなことが書いてある。

・スライムがよく跳ねる日の翌日は雨が降る（カトエ村）

「ああ、猫が顔を洗うと雨が降るみたいなやつか」

こういうのあったな。夜に口笛を吹くとヘビが出てくるとか。

「伝承・説話・昔話・民話——表現は様々だが、こういったものが世界各地にあるので、できるだけ多く集めようと思った。それによってスライムの民俗学的意義や特徴が読み取れるのではと考えた」

「やり方がすごく地道だけど、いいことだと思うよ。時間をかけて取り組むにはちょうどよさそうだし」

全国各地の伝承を調べていくなんて、短期決戦でできることじゃないので、まさに空き時間に少しずつ進めていくことができる在野の研究者に向いていることだろう。在野の研究者は、研究以外の仕事をしてたり、生活基盤があったりするはずだから。

「その点はシャルシャも自分に合っていたと自負している。それでいろいろと言い伝えなどを集めてみた」

・黄色のスライムは祖先の生まれ変わりなので退治してはならない（ケーニング村）

こういうのもあるな。この野菜や魚だけは食べてはいけないという禁忌《きんき》が残ってる村とか各地にあるはずだけど、その手のものに近い。

・屋根裏にスライムがいる家は栄える（ハルシュット村）

スライムって屋根裏にいたりするのかという気もするが、動物が屋根裏に住み着くことはあるし、スライムがいることもあるんだろう。

・黄色のスライムは絶対に退治しないと家が滅びる（クエヘー村）

「さっきの伝承と矛盾《むじゅん》してる！」

「違う地域でまったく逆の内容が伝わっていることもある。別におかしなことではない。むしろ、逆の内容が伝わっていることを正しく採集することが大切」

「シャルシャの言うとおりだね。全世界共通のほうがおかしなわけだし、違いを探ることは大切だ」

親目線でひいきしている点もあるかもしれないが、実直な性格のシャルシャらしい、素晴《すば》らしい研究じゃないだろうか。

・スライムが集まっているところに子供が行ってはならない（クレド村）

「なんでだ？　スライムが集まってると危ないのか？」

フラットルテが本当にわからないという声で言った。

「そういうことだと思われる。わざわざ伝わっているということは何かを後世に伝えたいという意思の表れ。スライムが集まるところに行けば危険もある。たとえば子供や足腰の悪い人間にスライムがぶつかれば転倒する。それがケガのもとになることはある。過去にスライムに囲まれてケガをした村人でもいたのかもしれない」

「ふうん。スライムに負ける奴なんていいるんだな」

フラットルテは納得がいってないようだが、スライムもモンスターだし、人間に向かってくることもあるからな。スライムだからといって、あまり舐《な》めすぎてはいけない。ドラゴンからしたら舐めてしまうのはしょうがないけど。

・青いスライムが多いと、明日はよく晴れる（アドリーナ村）

「これは青い色から青空を連想してるんだろうね」

「母さんの説明で正しいと思われる。祭りで行う劇の中で豊作を演じるのに似ている。あれも劇で豊作を表現することで、現実まで豊作になるように仕向ける心の表れ」

効き目があるかは別として、こういう言い伝えにも合理的な意味があるんだな。

・青いスライムが多いと、椅子《いす》がよく売れる（コトニス地方）

「全然意味わからん！」

「これはつながりがよくわからない。でも、そう言われている」

もちろん、原因不明な言い伝えもあるよね。

・緑色のスライムを見かけたら、「五百ゴールド！」と言わないといけない（シャーディニアの街周辺）

「なんでそうなったのか教えてほしい！」

過去にどういうことがあったら、こうなるんだ。

「シャルシャもわからない。説明のつかないものも相当数ある。そこは今後の研究で判明することに期待したい」

「気にはなるな。明日になったら忘れてそうでもあるけど……」

そこでシャルシャはノートを閉じた。

「まだまだスライムに関する言い伝えはあるが、日が暮れるので説明はここで一度終わる」

ノートだけでもまだ何冊もあるのだ。全世界の事例を丹念に集めていっただけのことはある。これを全部聞くというわけにはいかないだろう。

「やってることはよくわかったよ。それと、シャルシャ、本当におめでとう！」

今日はお祝《いわ》いをしなきゃな。

おいしいお菓子《かし》も用意したいし、料理はミスジャンティーの店でテイクアウトしてもいいかもしれない。

「まだまだ、これから。研鑽《けんさん》を積みたい」

この発言は謙遜というよりシャルシャの本音だろうな。ライカみたいにシャルシャもひたむきだ。

「本当におめでとう、シャルシャ」

ファルファが笑顔を向けると、シャルシャは照れた顔になる。

言うまでもなく、シャルシャもうれしいのだ。ただ、喜び方にも人によって個性があるだけで、誰もが跳びはねて喜んだりするわけじゃないというだけのことだ。

「ありがとう、姉さん。資料集めも何度も手伝ってくれた。本当に感謝してもしきれない」

「そこはお互い様だよ。それと、修了証の授与式みたいなのはないの？」

「授与式はない。ただ、大学内で通信制で博士課程を修了した人間のための懇親会《こんしんかい》があるらしいので、せっかくだしシャルシャも参加した――」

「ぜひ行こう！　それは絶対行こう！」

家族も一緒に参加していいらしいし、ここはみんな揃《そろ》って行くとしよう。

◇

シャーディニア大学は高原の家からだいたい五百キロのところだが、ドラゴンの力を借りれば行けない距離ではなかった。

そのあたりは大河が作り出した平野が広がっているところで、大学も平野にある街にあった。大学は土地が広くないと不便だしね。

「ここがシャーディニア大学か。少しだけなつかしいや」

別にこの大学に来たことがあるわけではない。大学のキャンパス内（キャンパスってこの世界でも呼ぶのか不明だけど）はこの世界にしては背の高い建物が多くて、前世の大学に少し雰囲気が似ているのだ。

道が全体的に広くて、ちょっとした庭や噴水もあったりする。そういうところも大学っぽい。

一方で、顔色の悪い家族もいた。

「姐《ねえ》さん、アタシはこういうところ苦手《にがて》です……」

ロザリーは体調が悪いみたいにふらついている。幽霊に体調不良も何もないと思うが、心理的につらいらしい。

「いかにも勉強しなきゃダメって空気がしてて、入っていく気がしねえ……」

「おおげさだよ。いきなりクイズを出題されるわけじゃないんだから、気楽に構えて」

フラットルテはぴりぴりした雰囲気を発していた。

「難しい問題を出題されたら、フラットルテ様は勝ち目がないのだ。ボロ負けの危険があるのだ……」

「目が合ったら勉強で勝負を挑まれるなんてことはないから！」

大学を何だと思ってるんだ……。

サンドラが私の服をつまんだ。

「ここ、連れ去られて変な実験されたりしないわよね……。いわゆるマッドサイエンティストみたいな奴《やつ》がいたりしない？」

「偏見《へんけん》が過ぎる」

うちの家族、全体的に大学と相性が悪いな。

そのくせ、アグレッシブすぎる家族もいて、バランスがおかしかった。

「アズサ様、あっちに博物館を併設している建物があったので、あとで寄りたいです」

「ライカは本当にそういうの好きだな……。あれ？　ハルカラがいないぞ」

「ママ、ハルカラさんなら大学生協に商品を置いてもらえるように営業に行ったよ」

あまりにも極端すぎる。

「この大学は学生の数が多いことで有名。さらに学びたい者を拒まないというポリシーがあり、おかげで通信制での幅も広く、シャルシャも大学に一度も通わずに博士になれた」

一度も通わずにというのもすごいが、そういうルールなので問題ない。

「シャルシャもよくそんな長期間、くさらずに研究を続けられたね。私だったら途中でやめちゃってたと思う」

しかも修士課程までは修了してるわけだしな。それで十分だと考えてしまいそうなものだ。

「スライムが何なのかを調べるのは自分のルーツを調べるのと同じ。人生とは自分が何者かを知る長い旅のようなもの。なので、休憩することはあっても、途中で終わるということはない」

ものすごい名言が出た。途中でやめちゃうとか言った自分が恥ずかしくなってくる……。

もっとも、内心で恥じるなんて次元じゃなくて、客観的に恥ずかしい人を見かけた。

視界の先にパンツ一丁で歩く青年がいたのだ。

しかも歩きながら本を読んでいる。

「えっ！　なんかとんでもなく個性的な学生が歩いてたんだけど！」

「おっ、暑いのが苦手なんだな。あいつの気持ちはわかるぞ」

フラットルテが勝手に学生の気持ちを理解しているが、おそらくそういう問題ではない。

「光合成したいんじゃないの？　実は植物なんでしょ」

「サンドラの説も多分違うと思うよ」

結局、露骨《ろこつ》に「なんだ、あれ」という顔をしてたのは私以外だとライカとロザリーぐらいだった。意外と変な格好でも受け入れられるものだな。

「大学は開かれた場所。それに、この大学はとくに自由な校風で知られている。ああいう学生がいてもおかしくはない」

「昔の哲学者にあえて裸で生活する人がいたっていうしね。そういう信念を持ってるのかな～」

シャルシャもファルファも度量が広いな。それと大学側も。

「アズサ様、あれは何をしてるんでしょう？　我にはわかりません……」

そこには「道端カフェ」という看板を立てて、地べたに座っている集団がいた。いや、厳密には地べたじゃなくて、人間がちょうど座れるぐらいのサイズの岩に腰かけている。本当にお茶を飲んでいるようなので、カフェではあるらしいのだが、大学の中にベンチぐらいありそうなものなのに岩の上に座っているので、だいぶ異様ではある。

「ごく普通にお茶を飲んでるけど、少し寒そうだね」

「あれも過去の賢人たちの真似《まね》。外で延々と話し合う者たちがいたという」

「ちゃんと由来はあるんだね」

ほかにも、足を後ろ側に動かしてバックしながら歩いている学生や、本をひっくり返して読んでいる（？）学生などもいた。

ファルファやシャルシャが説明してくれたが、そういうものにも由来があるらしい。

しかし、大学外部の人間の立場から見ると、何かの目的を達成するために変なことをしていると
いうより、変なことをするのが目的になっているように感じるんだけどな……。

「この大学、思ったよりもクセが強いですね……。学力はかなり高いはずなのですが……」

ライカもいつのまにか疲《つか》れた顔になっていた。

「みたいだね。シャルシャが長い時間をかけて通信制だけで博士になったわけだし恩も感じてるけど、独特の場所ではあるね」

「直接、大学で学ぶとこの校風によくない影響を受けると思って、通信制にした面もある」

シャルシャが衝撃的なことをさらりと言った。

大学として興味はあるけど通うのは嫌《いや》だから。そんな理由で通信制にすることもあるのか……。

そこにハルカラがやけに元気な調子で走ってきた。


「なんと、『苦《にが》すぎ汁』を大学生協に置いてもらうことができました！　苦すぎて二度と飲みたくないって思える商品なのに！」

「過去の泡沫《ほうまつ》商品が受け入れられてる！」

「ほかにもしっかり快眠させることで眠気をとる『結局寝ちゃったほうがいい錠』や生薬が入ってないのに、それっぽい見た目なので効いた気になる疑似栄養ドリンク『効果は気から』も置いてもらえることになりました」

「本当に泡沫商品ばっかりだな！」

売れてなくて困ってる商品として見せられたことあるぞ。

「いや～、ほんとに変わった商品ばかり納品してほしいと言われちゃいましてね。会社側としては助かりますよ～。売れ筋商品が売れる時とはまた違った喜びと達成感がありますね」

ハルカラがうれしいのはよくわかるが、私としては不安になってきた。

この大学全体が変なことをするのを目的にしてないか……？

目的のために、変に見えることでもあえてやったり我慢《がまん》したりすることと、変なことをやりにいくのとでは、見た目は似ていても全然違うと思うんだけど。

大学が信用できない状態だと、シャルシャの研究の信用も落ちかねないから困るな……。

けれど、シャルシャは私の危惧はよくわかっているようで、小さく首を横に振ってみせた。

「母さん、心配はいらない。変わった学生はいるし、変わったことをしてる自分がかっこいいと勘違いしている学生もいるが、それが多数派というわけではない。変わったことをしているから悪目立ちしているにすぎない」

「そ、そっか。ここは私よりはるかに大学に詳しいシャルシャを信じるよ」

それにしても、「変わったことをしてる自分がかっこいいと勘違いしている」って言葉、なかなか破壊力があるな……。

誰かに言われたらしばらく立ち直れないかもしれない。

懇親会は立食形式のパーティーで、人の数も少なすぎず多すぎずのちょうどいい塩梅《あんばい》だった。

それと、懇親会にはパンツ一丁の人も後ろ歩きの人もいなかったので、通信制で博士にまでなる人はもっとまともなのかもしれない。

「ここはどうかしてる奴らはいないな。それはそれで居心地がよくないのだ」

「アタシも壁をすり抜けて、出ていきたくなりますね……」

フラットルテとロザリーは楽しくなさそうなので、ちゃんとしてる環境のほうが合わないということもあるらしい。けど、クセが強い人ばかりの懇親会は嫌だしな。

懇親会といっても、招待されているのは通信制の学生なのでそれぞれ面識があるわけではない。なので、基本的にみんな一人で飲み食いしていた。

これは家族で参加してよかった。シャルシャだけだと時間を持て余していたかもしれない。

私もちょっとずつ料理をつまんでいると、魔女っぽい見た目の女性が話しかけてきた。

「あの、すみません」

もしかして、同業者だと見抜かれたか？

「私、現代の魔女の研究で博士になった者なんですが、魔女の方ではありませんか？　武道大会に出られたことがあったりしません？」

変なところで身バレしている！

「いえ……人違いじゃないでしょうか……。武道大会なんて出たことないですよ……」

完全にウソだが、人生、ウソをつくしかない時もある。

「そうですか、現代の魔女の様々なライフスタイルの一例として、武道大会に出る魔女について検討したんです。従来の魔女のあり方にとらわれないところが素晴らしいなと」

私、研究対象になってたのか……。

「ほかにも飲食業界に参入しようとしたり、魔女の固定観念を破壊する活動をしているなと」

「変わった人がいるんですね。でも、ますます私ではないです」

饅頭《まんじゅう》作ったり、喫茶店をやったりしたことはあるが、飲食業界に参入してやろうと思ったわけではない。解釈は人それぞれかもしれないが、そこまでいくと事実誤認じゃなかろうか……。

こっちが人違いだと言ったら、向こうも納得してくれた。ぐいぐい来る人じゃなくてよかった。

あまり調べられないように今後は気をつけよう。

シャルシャは食事をしながらファルファと話をしていた。いきなりほかの参加者に話しかけるのは誰だってハードルが高いし、しかも何の研究をしていたかもわからないしね。

まあ、一度ぐらい自分が博士号をとった大学に来てみるのは悪いことじゃない。だから、シャルシャも行きたいと言っていたわけだろうし。

そんなシャルシャのところに、いかにも教授という風貌のおじさんが来た。

「すみません、この大学で民話の研究をしている者です。あなたがスライムの研究をされているシャルシャさんですね？」

「いかにも」

シャルシャが顔を教授のほうに向けた。

「発表された論文、拝読させていただきました。本当に小さな村まで調べ上げていて、執筆者の丁寧《ていねい》さと誠実さを強く実感いたしました。この手の研究は目を惹《ひ》くようなインパクトはないかもしれません。ですが、こういった地道な研究がなければ目立つものも生まれないんです」

教授は温和な顔で、シャルシャを褒《ほ》めている。

「あなたの研究はすべての家を建てるための土台を作るものです。胸を張ってください」

教授、すごくいいことを言う！

そう、シャルシャは小さなことを積み上げて、積み上げて、積み上げ続けて博士号を獲得したのだ。偉い人はちゃんとそれをわかっている。

「ありがたい言葉。まだ世界にはスライムに関する伝承が残っているはず。そういったものを集めていきたい」

シャルシャも感謝の意を述べる。きっとうれしいだろう。これだけでも、シャルシャが大学に来た意味があった。

「ええ、続けてください。私も会社を退職して大学一年生になったばかりなので、負けないように努力しますね」

教授だと思ったら後輩！

「懇親会は誰でも参加できるので、おいしいローストビーフを食べに来ました」

せめてその目的は隠しておいたほうがいいよ。

そのあと、本物の教授がシャルシャのところに来て、研究を褒めていた。「土台を作る大切な仕事をしましたね」と言っていたけど、一年生と完全に褒める内容がかぶっていた。

こういうかっこいいセリフに関しては、長年の積み重ねがなくても、それっぽいことを言えてしまうんだな。

逆に言えば、誰もがシャルシャの研究をすごいものだと感じているということだ。

さてと、教授とも話をしたし、懇親会でやるべきことも終わっただろう。そろそろ帰るかな。

「シャルシャ、もういいかな」

「新たな刺激をたくさん得られた。いい一日だった」

と、そこに教授が駆《か》け寄ってきた。

「シャルシャさん、言い忘れていたことがあります。もし、受けてくれるならでいいんですが――」

教授は何かシャルシャに依頼したいことがあるらしい。

「講師、やってくれませんか？」

講師！　たしかに博士になったわけだし、シャルシャが指導する側に回ることもありえるのか。

研究者としては正しいステップだ。

けど……。

そうなると、シャルシャは大学近辺に住むことになってしまうはずで……。

こんなタイミングでいきなり子離れを経験するかもしれないなんて、想像もしていなかった。

当然、シャルシャが「高原の家を離れないから講師の職につかない」と言うなら、何も変化はない。でも、家に残ることだけを理由に、講師の道を諦《あきら》めるのも何か違う気もする。

「正式名称は通信講師です。自宅にレポートなどが届くので、その指導をしてもらいます」

講師側も通信制かっ！

「民話学のことならシャルシャさんは十分に人を指導できる力量と知識が備わってると思うのですが、どうでしょうか？　指導をあおぐ研究などもそんなに頻繁に来るものでもないので、そこまで忙しくなるということもないと思いますし」

「シャルシャも若い力に触れられるのは有意義と考える。お受けしたい」

こうしてシャルシャが通信制の講師になりました。

長く生きていると娘が偉い立場になることもあるのだ。


懇親会の会場があった建物を出た。ここからまた大学構内を出るまでそこそこ歩く。

この世界に自転車が普及したら、学生はみんな使うんじゃなかろうか。

すると、街路樹《がいろじゅ》が並んでいるあたりで、「うぅ〜、やめてくれぇ……助けてくれぇ……五百ゴールド……」という声が聞こえてきた。悲鳴と嘆願の間みたいな情けない声だ。

そんなに緊迫感はなかったが、放《ほう》っておいていい内容でもない。

金額を意味する言葉が出ていたし、恐喝かもしれない。これは見たほうがいいか。

私より先にファルファが街路樹のほうに入っていった。

そのファルファの表情にもあまり切迫した雰囲気がなかった。観察というか、様子を見守ろうという様子だ。

事件性は薄そうだけど、それでも私も確認に入る。

そこではうずくまった男子学生が、スライムたちにぶつかられていた。

「スライムに囲まれて攻撃されることってあるんだ……」

「ケチって食事を二日抜いたところをスライムに攻撃されました……」

「ごはんはちゃんと食べよう！」

節約のために健康を損《そこ》なってたらトータルで見て損《そん》だぞ。

ファルファは事情がわかると、スライムをつかまえて、遠くに投げていった。

これはまずいと思ったスライムたちはそのまま逃げていった。

「おかげで助かりました！　明日はパンでも食べます！」

「ファルファは今日から食べたほうがいいと思うよ～」

ファルファの言うように、スライムから逃げられないほど弱ってるなら早く食事にしたほうがいい。

礼を言った男子学生はふらつきながら去っていった。あれはスライムに半死半生の目に遭《あ》わされたんではなくて、食事を抜いてるせいだ。食費を削る貧乏《びんぼう》学生ってどこの世界にでもいるんだな。

だが、シャルシャがやけにいい顔をしていた。

いわゆる笑顔ではないのだが、知的好奇心が満たされたという表情だ。

「これこそ、『スライムが集まっているところに子供が行ってはならない』という話が伝わった証拠と呼べるもの。子供なら飢えていなくても、スライムに泣かされたりケガをさせられたりしたかもしれない」

「そういえば、そんな話も採集されてた！」

一般人にとってはスライムも脅威になることがまさに証明された。とくに群れになったスライムは危険が増す。

「しかも、あの学生は五百ゴールドと言っていた。あれは緑色のスライムを見た時に『五百ゴールド』と口にするという話そのもの」

「そんな話もあったな！」

不思議《ふしぎ》な伝承や習俗はまだまだ残っているなと実感しました。

うるさいマンドラゴラが来た

She continued destroy slime for 300 years

サンドラとの買い物帰り、喫茶「松の精霊の家」に寄ることにした。

理由は植物のサンドラは飲食店に入る機会がないから。

サンドラは食べる必要がないからというのは百も承知だ。それでも、みんなが行く場所に一人だけ入れないというのもよくないと思った。食べられもしないのに飲食店に入っても暇《ひま》だろうから、少し休憩したら店を出るつもりだが。

当然サンドラは何も注文しないが、ミスジャンティーは一人ワンオーダーは必須だなんてセコいことも言ってこないしな。

なにせ、こっちはのれん分けを許可した側だから、強気に出られるのだ。もっとも、この地域にのれんはないが——と思っていたら、入り口のドアにのれんらしき藍色《あいいろ》の布がかかっていた。

この土地の言葉で「味一番」と書いてある。

どこかの地域でのれんらしきものでも発見したか？　まあ、どうでもいいか。

店の中はやけにまぶしかった。

「うわっ！　光合成にはちょうどいいけど、目がちかちかするわね！」

サンドラもびっくりするぐらいだから、人間にはもっときつい。

原因はすぐにわかった。接客中の店員が一人、やけに発光していたのだ。

「牛カツのセットとパンにスープですね。どうぞ、めしあがるとよいでしょう。はっはっは！」

純白のローブ姿のやけに偉そうな態度の女性店員がいる。

背がやたら高いので余計に偉そうに見えるし、発光までしているので問答無用で偉そうだ。

マンドラゴラの精霊ナスカだ。

ここで働いて高級な肥料を買うお金を貯《た》めているのだ。

ナスカは植物の見た目から本来の姿（つまり、今の姿）に戻るのにかなりの力を必要とするそうだが、それが高級な肥料をかけることであっさり解決してしまったのだ。

ただ、今度はその肥料を買うお金を稼ぐ必要が生じた。

なかなかすぐに何もかも解決というわけにはいかないんだよな。

「おや、そこのご新規の客人はアズサさんとサンドラさんではないですか。どうぞ、こちらの席をどうぞ。当方の光だけでなく、外からの光も入ってきて、ひときわまぶしいです！」

「むしろ、もうちょっと暗い席にして……。落ち着かん……」

「では、そちらの角の席で。もっとも、どこに座っていようと偉大なるマンドラゴラの精霊のおかげで明るくなってしまいますが！」

本当に偉そうだな。精霊だから偉くはあるんだけど。

「そんなに精霊だって名乗っていいの……？　新しいトラブルを招いても知らないよ……」

「精霊の姿は千差万別《せんさばんべつ》ですし、第三者の人間が証明のしようもないので大丈夫です。変な奴《やつ》が変なことを言っていると思われるだけです。はっはっは！」

そこは変な奴って思われてもいいのか。

「そしたら、お茶一つと水二つ。それと、帰りにポテトチップス、持ち帰りで」

ポテトチップスは橋の再建の際に、お金を集めるために作られた商品だ。ポテトチップス作りの技術がミスジャンティーの経営するこの店にも継承されている。

「わかりました。マンドラゴラ用の肥料や土がメニューになくてすみませんね。はっはっはっは！」

「別にいらないわよ。こんなので接客できるの？」

サンドラは胡散臭《うさんくさ》そうにナスカに視線を向けた。マンドラゴラの精霊だから崇《あが》めるといった意識はない。謎《なぞ》の声が語りかけてきて、迷惑をこうむった時期もあったしな。

「かろうじてやれてるっス」

ミスジャンティーが二人分の水を持ってきた。

「こういうのは慣れっス。お客さん側がクセの強い店員がいる店だと認識してしまえばダメージはないっス」

「たしかに、偉そうなだけの店員ならムカつくけど、変なキャラの店員と考えれば、別に腹が立ったりしないな」

「そういうことっス。ああいう芸風の奴なんだなって流されるだけなので問題ないっス。あと、勝手に発光してくれてるんで、夜のランプ代が浮くっス」

節約効果があった！

「それにしてもまぶしすぎるので、少しだけ遮蔽物《しゃへいぶつ》を増やしてるんスけどね。入り口のドアに布をかけてるのもその一環っスよ」

あののれん、まぶしすぎるのを緩和するためだったのか……。実用的な意味があったんだ。

しばらくすると、ナスカがお茶を持ってきた。

「偉大なる精霊からのお茶です。きっとほかの店員が持ってくるよりずっとおいしく感じるはずです」

「自分で言うセリフじゃないぞ」

ここまでわかりやすく偉そうな精霊って初めてかもしれない。

精霊って身分に対するこだわりがほとんどないんだよな。ちゃんと神殿も作られて信仰対象になっているミスジャンティーすら徹底して庶民的なぐらいだし。

「店長からこれぐらい極端なほうが面白《おもしろ》いし嫌《いや》がられないと言われています。よくわからないけど、なんとなく偉そうな奴が一番鼻につくんだと」

「一理あるな……」

自分は貴族ですとか王様ですとか言われてしまうと、そんなに偉いなら偉そうなのもわかる気がしてくる。

「それと、今日はちょうどいいところにお越しになりました。見どころのあるマンドラゴラを見つけたんですよ？」

見どころのあるマンドラゴラ？

「まさか、サンドラのような、人みたいなマンドラゴラが見つかったの？」

だったら、サンドラの友達が増えるかもしれない。

サンドラも興味が湧《わ》いたのか、表情は変えなかったが、ぱちぱちまばたきをしていた。

「いえ、そこまでではないです。持ってきたほうが早いですね」

ナスカは鉢植えを持って、再び現れた。

その鉢にはマンドラゴラらしき草が植えられている。

「なんだ、何の変哲もないマンドラゴラじゃない」

サンドラはあきれた顔をしていた。

「ですが、このマンドラゴラ、元気に声を出せるんですよ」

声を出すマンドラゴラ！

私の頭の中にはあの有名な伝説がよぎった。

マンドラゴラは引っこ抜く時に声を出して、その声を聞くと人は死ぬ。

もちろん迷信だ。本当に引っこ抜くたびに声を上げていたら、はるかにマンドラゴラは有名な植物になっていただろう。

だいたい、サンドラは自分で地面から出てくるし、自分からしゃべる。その声を聞いても誰《だれ》も死んでない。

だとしても、実際にサンドラが人のように生活できているわけだし、声を出すマンドラゴラがいること自体はありえることだ。

「このマンドラゴラは何かのきっかけでしゃべりだすんです。けれど、まだそのきっかけがよくわかってないんです。声を聞いたことはお店の中だけでも何人もいるので確実なんですが」

「ああ、常時、しゃべるわけじゃないんだね」

「それでお二人にお願いがあるんですが。ありがとうございます」

こっちが了承する前からありがとうって言うな。

「このマンドラゴラ、少し家に置いて、様子を見てもらえませんか？　ここはお店の中という特殊な環境なので、話し声も飛び交っていて、マンドラゴラの発声もわかりづらいんですよ。家族で生活されてる環境のほうが答えが出やすいかなと」

それはそうか。普通の家で「オーダー、チキンソテー、サラダ、パン二つ」なんて会話が飛び交うことはないからな。

「一日、二日で何かわかったら教えてください。わからなかったら、それはそれで」

「ペットを預かるわけじゃないし、その程度ならいいけど。あとは、声を聞いてひどい目に遭《あ》うなんてことはないよね？」

声を聞いて死んでから気づいても遅いので、念のため確認する。

「はっはっはっは！　マンドラゴラの声を聞くぐらいで死んでいたら、マンドラゴラの精霊を見た方は全員消滅していますよ！　もっとも、この姿は昇天に値《あたい》するぐらい高貴だと自負していますが！」

ガチで自負しているな。

とはいえ、鉢植えを持って帰る程度ならいいか。

それにサンドラもマンドラゴラには興味があるだろうし。さっきからやたらと鉢植えに視線を送っている。

「じゃあ、いいよ。ポテトチップスと一緒に持って帰るね」

◇

私はマンドラゴラの鉢植えをダイニングに置いた。

なお、帰宅するまでの間にマンドラゴラは一度も声を出していない。だいたい、どこで発声するんだ？

「思ったよりも静かだね。そりゃ、常にしゃべってたりしたら目立ちすぎるけど」

「今のところ、普通のマンドラゴラとの違いはわからないわね。ていうか、こいつ、どうやってしゃべるのかしら」

サンドラも私と同じことを考えている。

サンドラは手でマンドラゴラの葉っぱを触ったりしたが、やはり何も反応はない。

「しゃべるって言い張ってた割におとなしいじゃない。なんか拍子抜《ひょうしぬ》けだわ。これじゃ、そのへんの草と何も変わらないわよ」

「サンドラは音声と関係なく、植物と会話できるよね。マンドラゴラ本人は何か主張したりしてないの？」

だが、サンドラは浮かない顔のままだった。

「こいつも声が出た時の共通点がわからないんだって」

マンドラゴラとしては声を出すことでコミュニケーションをとる意味もないから、声というより音が鳴るといった現象に近いのか。

「物理的なきっかけがあるのかな。水をやったら笑うとか」

「そんなわかりやすいきっかけなら、ナスカでもわかるでしょ」

たしかにサンドラの言うとおりだ。だったら、どんなきっかけがあるのか。

そこにハルカラとフラットルテが入ってきた。今日は工場が休日で、ハルカラはフラットルテに乗って買い物に行っていたはずだ。

「ただいま～。買い物ついでにけっこう歩いてきましたよ～」

「おかえり。ハルカラ、体調よさそうだね」

「お酒を減らしてからてきめんに調子がいいですね。うちの会社の薬を飲むより、お酒を抜くほうが健康にいいですよ」

「HAHAHAHAHA！」

「わっ！　なんですか、この笑い声！」

ハルカラが後ろに飛びのいた。家族の誰とも違う変な声がしたから驚くのも無理はない。

私も聞いたことのない声ではあるが、ハルカラと違って予想がつくのでそこまでの驚きはなかった。

「多分だけど、この声はそのマンドラゴラだと思う」

私は部屋の隅《すみ》の鉢植えを指差す。

「あっ、ほんとだ、マンドラゴラの葉っぱですね。悲鳴を出す伝説はありますけど、思いっきり笑ってましたよね」

「そうだね。それと、何が声を出すきっかけだったんだろう？」

「ハルカラ、あなた、遠方から変な虫でもひっつけて帰ってきてないわよね。とくにマンドラゴラの葉っぱを食べるようなやつ」

用心深くサンドラが尋ねる。

変な虫がついていたら、サンドラにもリスクがあるからな。

「ないですよ。マンドラゴラがまったく生えてないところに出かけましたから、マンドラゴラを食べる虫も生息《せいそく》してないはずです」

ハルカラは鉢植えにろくに近づいてもなかったし、周囲の温度や風の動きの変化といったこともおそらく要因ではない。

「このマンドラゴラ、何かがきっかけで声を出すんだけどね、それがわからないんだよ」

「声を出すマンドラゴラの時点で貴重ですからね。その分析なんて誰もしてないからわからないんでしょう」

ハルカラがエルフらしいまっとうなことを言った。これは事例を集めていくしかないな。

廊下のほうからシャルシャがやってきた。

私はシャルシャにも鉢植えの説明をする。

「声を出すきっかけ。そんなこと考えたこともなかった」

「ほかの植物にも声を出す伝説ってない？　こういう時に声を出したって話があれば参考になるかも」

「ない――とは言いきれない」

「もしかして、近い伝説があるの⁉」

シャルシャは首を横に振った。

「二階に置いてある『至高大百科事典』の全ページのどこかに書いてある可能性は否定できないので、ないとは言いきれない。読んでないページが残っている以上、そこに書いてるかもしれない」


「HAHAHAHAHA!」


また笑い声が出た！

「ハルカラの言ったこととシャルシャの言ったこと、何が共通してるんだ……？」

考えがまとまらないうちに、今度はライカが部屋に入ってきた。

「フラットルテ、帰ってきたんですね。外の壁を掃除しようと思うので、手伝ってください」

「面倒だな。やる気が出ないのだ。急ぐことじゃないし、明日でいいだろ」

「……そうですか。じゃあ、掃除勝負をしましょう。二階部分の壁をきれいにしたほうが勝者です」

「だったら、負けないのだ！」


「HAHAHAHAHA！」


また鉢植えから声がして、ライカがびくっとした。

「なんですか、この声……。陽気でまああ野太い声でしたけど……」

「ライカお姉ちゃん、その鉢植えからの声。たまに笑う」

ケースが増えてきて、声の出るパターン、だんだんわかってきたぞ……。


どうせ鉢植えの説明は必要だし、私は家族を全員集めた。

そのうえで自分の仮説を話した。

「このマンドラゴラはおそらく面白いことを聞くと笑う」

おおまかなところはこれで間違ってないはず。

「ただ、面白いことと言っても千差万別だよね。何をもって面白いとするかはマンドラゴラが決めることだから、もうちょっとしぼれそうではある」

ファルファが鉢植えの真ん前に駆《か》け寄った。

「バッタさんがばったばった倒れたー！」

ものすごくチープなギャグ！　それを両手を広げて全力でやっている！　バッタと両手を広げるつながりはよくわからないけど！

「ばったばった倒れたー！　ばったばった！　ばったばった！」

鉢植えからは反応がない。これまで時間差で笑ったことはなかったので、笑うことではないと判断したようだ。

ファルファがこっちを向いた。

「面白くないんだって～」


「HAHAHAHAHA！」

そこで笑うのか！

なんとなく笑いのツボがわかってきたぞ。厳密には笑うタイミングのツボが。

このマンドラゴラ、アメリカンホームコメディの編集された笑い声が入るようなところで笑っている気がする。

俳優がちょっとした面白いことを言ったりやったりすると、そこで笑い声が流される。もちろんドラマの中の誰かの声ではないし、ドラマの中の配役はその声は聞いてない設定だ。ドラマを見ている視聴者に向けての笑い声である。

あれって視聴者に「ここが面白いところですよ」と笑いを強要している面もある。また、視聴者がつまらんと感じたところで笑い声が入ると一気にしらける危険もあり、使用のリスクもそれなりに高いはずだが、あの笑い声も含めて一つの様式ではあるんだよな。

とくに私は外国人視点であああいうアメリカンホームコメディを見ていたので、面白いと感じる場所がわかりづらく、どこで笑うところか教えてもらえるのはけっこう助かっていた。

ていうか、少なくとも日本の視聴者はあの編集された笑い声を聞くために海外ドラマを見ていたのではないか。

あの笑い声を抜いたら、塩を振ってない肉みたいに味気なくなる気がする。

途中から私の海外ドラマの感想になっていた気がするので話を戻すけど、家族にああいうドラマを説明するのが絶望的に難しいな……。この世界にテレビドラマなんてないし。

どうやって説明したものかと私が考えあぐねていると、ロザリーが鉢植えの前に出た。

「つまり、面白いことを言えば、鉢植えが笑うってことですよね？」

「すごく雑にまとめると、そういうこと」

「じゃあ、アタシが知り合いの悪霊から聞いた話をさせていただきます」

あれ？

自分の言うことが面白いかどうか競う場になってきてないか？

おそらく、面白いネタを言ったら笑うとかではないと思うんだけど。

海外ドラマの笑い声ってそういう箇所に挿入されるものではない。

しかし、本当に面白さとは何かを言語化するのって難しいな……。

異文化交流でも最も厄介《やっかい》な点の一つではないだろうか。

などと考えているところに、ロザリーの話がはじまった。


「ある町にずいぶんと調子のいい男が住んでいました。悪い奴じゃないんだけど、要領がいいって言うんでしょうかね。上手《うま》く損《そん》な役回りだけ避けていくんですね。それで、近所の連中、一回ぐらいこの男を懲《こ》らしめてやろうと相談しまして、そのうちの一人アルフって奴がそうっと男の苦手《にがて》なものを聞いたんです。

『俺《おれ》はな、苦手なものなんてないよ』

『そんなことないだろ。誰にも言わないからさ、教えてくれよ』

『そうか……実はな、俺はカップケーキが嫌いなんだ。カップケーキが部屋にあるのを見るだけで寒気《さむけ》が止まらなくて、三つや四つ部屋にあるのを見た日にゃ、寝込んじまうな』

それを聞いたアルフ、早速みんなの元に戻って相談をしました。よし、カップケーキをどんどんあいつの家に投げ込んでやろうと決めたわけです。

昼過ぎからみんな、カップケーキを投げ込んでいきます。すると、怖いとかもうやめてくれとか一応は悲鳴が聞こえてくるものだから、みんな、カップケーキを買ってきてはどんどん投げ込んでいくんです。どうも楽しそうな声に聞こえないか？　それでも怖いと言ってるし、効いてはいるんだろう。せっかくだし高級なカップケーキも投げてやれ。

もういいだろうと、アルフ、男に聞きました。

『どうだ？　カップケーキばかりで大変だろう？』

男は笑いながら、こう言ってきました。

『実はカップケーキに合うお茶も怖いんだよ』――――笑ってくれませんね」

昔、ハルカラが「饅頭《まんじゆう》怖い」みたいな話があることを言っていたけど、実在したんだな……。

「やっぱり、素人《しろうと》のアタシの話芸じゃ笑わせられないんですね……。これがプロなら話の筋を知ってる相手でもげらげら笑わせることができるはずなんで……」

「ロザリー、多分笑いのジャンルの問題だから、気にしなくていいと思うよ」

ホームコメディ的な笑い声は、ちょっと気の利《き》いた面白いことを言った時に発生したはずなのだ。

このマンドラゴラも気の利いた面白いことを耳にすると笑ってしまうのだろう。


……でも、気の利いた面白いことを狙《ねら》って発言するの、ものすごく難しいな。


だいたい、人間は日常的に気の利いたことを言ってやろうと考えて、生活などしてないのだ。

ロザリーに代わって、またファルファが鉢植えの前に立った。

「ファルファ、何も起こらないダジャレ言うよ～。布団《ふとん》が吹っ飛んでない！　猫が寝込んでない！　豚がぶたれてない！」

ファルファ、売れない芸人のすべり芸みたいな方向性になってるよ！

「……やっぱり笑わないね」

海外ドラマの笑いはギャグやネタを連発した時に発生するものではないからな……。

しかし、説明しようとすると、前世の固有名詞をいくつも出すことになり、そんなの伝わるわけがない。

どうしたものかと思ってると、続いてハルカラが出てきた。

「旅で各地を歩き回ったわたしがすべらない話をしましょう」

別に鉢植えを笑わせる大会をやってるわけじゃないぞ！

「それはわたしが仕事でクミヒンの商会に行くことになった時の話です。セイヘ州にクミヒンという小さい街があるんですが、ここに行くまで馬車を乗り継いで、船で川を渡って、さらに馬車に乗って、ずいぶん長い旅でした。九日かかって、ようやくセイヘ州のクミヒンについたんです。ちょうど約束の日時がその日だったので、ギリギリ間に合ったわけです。で、あわてて商会を探したんですけど、どこにもないんですよ。橋を渡った右手の、壁に時計がかかってる建物と言われてたんですが、まず橋が見つからないし、ようやく細い川にかかる橋を見つけたんですが、時計がかかってる建物もない。おっかしいな～、なんでかな～、そう思って、もう一度住所を確かめたんです。そしたら、わたし、気づいてしまったんです。住所にはたしかにホルタイカ州クミヒンって書いてあるんですよ……。違う州の同じ名前の街と勘違いしてたんです！　…………あれ？　笑いませんね。すべってますか？」

ハルカラのそれもジャンルが違う。

それは飲み会とか仲間内で聞くと面白い話である。


笑わせたからといって何かが得られるわけでもないが、家族の間で敗北感が広がっていた。

部屋の空気が重い。

「どうも、どんよりしていますね。窓を開けましょうか」

ライカが換気を行なった。そうしたくなるのもわかる。

「笑うはずのものが笑わない、それはある種のストレスを発生させる」

ずっと傍目《はため》で見ていたシャルシャが言った。

たしかに参加しないのが正しい戦略だった気はしてきた。

「ずいぶんマンドラゴラに引っ張りまわされてるわね」

サンドラの視線は観察者のそれだ。


「仮にマンドラゴラを笑わせられたとして、それがほかの人間からしても面白い内容って根拠もないのに何を必死になってるんだか。マンドラゴラしか面白いと思わないものかもしれないのに」

あまりに的確な意見だったので、誰も何も言えなかった。

このマンドラゴラの笑い声を引き出したところで、笑いのセンスがあることにすらならない。マンドラゴラを笑わせた人という事実が残るだけだ。

たまに笑いだす草があるだけだと割り切って、いったん意識の外にどけるか。

マンドラゴラが面白いと感じると声を出すってことまではわかったわけだし、ナスカへの報告としてはそれで十分だろう。サンドラのように気にしないのがちょうどいいのだ。

ていうか、家族みんなが笑わせようとしていたのでもなかった。シャルシャは笑わせるのに参加してないし、フラットルテの姿が見えない。どうでもいいと思った家族はとっくに離れていたらしい。

と、ドアが開いて、ずいぶん大荷物のフラットルテが入ってきた。

「あれ？　どっか行ってたの？」

「ひとっ走りミスジャンティーの店まで行って、フライドチキンをテイクアウトしてきたのだ！」

走ってきたというのにフラットルテは陽気な声を出している。ドラゴンの体力ならよほどの全力疾走をしない限り、疲《つか》れる距離でもないか。

「けど、テイクアウトするには変な時間だね。もうすぐ夕飯の支度《したく》だし」

ドラゴンなら夕飯だけで満足できないと予測して買っておいてもおかしくないけど、夕飯を食べてから店に行くほうが確実なはずだ。

「みんな、そのマンドラゴラで悪戦苦闘してるけど、うまいものを食べれば誰だって笑うのだ。うまいものを食べてつらい顔になる奴はいないからな。だから、その証明にいろいろ持って帰ってきたのだ」

その発言はいかにマンドラゴラを笑わせるかという点ではちょっとズレている気もしたが、また違う真理を含んでいる気がした。

実際、ファルファが食べる前から笑顔になっていたのだ。

「あ〜っ！　フライドチキンだ！　これ、おいしいよね！」

反応はそれだけじゃない。

「わたしもいただいていいですか？　このバジル風味のやつをいただきます」

「我は夕飯担当なので、二つ食べてよいでしょうか？」

「ニワトリは愚《おろ》か。もっと不味《まず》ければこんなに食べられることもなかったのに」

ほかの家族もどんどんチキンを取っている。

私も一ついただく。なかなかスパイシーで、旨味《うまみ》が口の中に広がる！

チキンを食べている家族はみんな表情がゆるんでいた。

肉を食べないロザリーとサンドラは顔を見合わせて、苦笑いしている。おそらく、単純な連中だなと思っているんだろう。苦笑いも笑いの一種と考えれば、全員笑っていると言えなくもない。

「フラットルテ、ありがとうね——って、またいない」

今度はどこに行ったのかと思うと、フラットルテはじょうろを持ってやってきた。

「いい食事で笑ってしまうのは、きっとマンドラゴラも同じなのだ！　いい肥料を水で薄めてきたぞ。これでも味わってみろ！」

フラットルテはマンドラゴラに水をかける。

「HAHAHAHAHA! AHAHAHAHA! HAHAHAHAHA!」

「ものすごく笑ってる！」

フラットルテの視点はマンドラゴラの笑うルールまで強引《ごういん》に拡張してしまったのだ。

笑うルールをいかに満たすかを考えるより、新しい方法でも笑わせられないか試してみる――こっちのほうがはるかに素晴《すば》らしいやり方だ。

マンドラゴラが面白いと思うと声を出すからといって、それはほかのケースでは笑わないということを意味しないのだ。フラットルテはいい肥料でも声を出すというケースをしっかり発見した。

今回はフラットルテさまさまだな。

◇

翌日、私はサンドラと一緒に喫茶「松の精霊の家」に行った。目的は鉢植えの返却である。

マンドラゴラが笑うルールを聞いたナスカは満足してくれたらしい。

「そういうことですか！　いやあ、面白いと感じると笑うとは！」

「肥料もらっても笑ったから、定義は変更の余地アリだけど、肥料をもらうのもマンドラゴラとしては面白いことと考えれば、今の定義でもどうにかいけるかな」

マンドラゴラだっていい肥料をもらうと、顔をしかめたりせずに笑いたくなるだろう。

「これからも観察して、笑う範囲を調べてみようと思います。ありがとうございます！」

ナスカもマンドラゴラの葉っぱを撫《な》でていた。植物に近い存在でも人の姿をしていると、手で植物を撫でるものらしい。

「また変わったマンドラゴラが見つかったらご連絡しますね」

「次は笑わないマンドラゴラを持ってきなさいよ」

サンドラがそう苦情を言うと、

「HAHAHAHAHA！」


とマンドラゴラが笑った。

このマンドラゴラとしては、なかなかいい言い回しだと感じたらしいです。

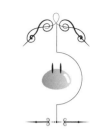

何の精霊かを決めた

She continued destroy slime for 300 years

早朝、ドアがノックされた。

ドアといっても私の部屋ではなくて、高原の家の玄関ドアだ。つまり来客ということである。

私は朝ごはんの用意のために起きていたが、まだ寝ていてもおかしくないぐらいの時間だ。どちらかというとフラタ村の人は早起きだけど、それにしても少しマナー違反の時間ではなかろうか。

「朝早くから失礼するっス。もし起きてたら開けてほしいっス」

あっ、ミスジャンティーか。誰《だれ》かはわかったので、とりあえずドアを開けた。

「あと一時間ぐらいは遅く来てほしいんだけどな」

「開店前の作業があるので早目に出ないと間に合わないんスよ……。この家は住人が多いんで、誰か起きてるかな～と思ったっス」

事実、私が起きていたので文句《もんく》も言いづらいな。

喫茶店をやってる時間は店を留守にしづらいのもわかるので大目に見るか。

「それで、何の用で来たの？　どうせ何かトラブルでもあったんだよね？」

「トラブルというか、育てていた竹林で奇妙な現象が起きたんスよ。一人で対処するのはちょっと怖いのでついてきてほしいっス……」

危ない橋を渡らせようとしてる気がしないでもないが、得体の知れないものに一人で触ろうとしないのは正しい判断ではある。

あと、ミスジャンティーの作った竹林は高原の家から直線距離だとそこまで離れすぎてるわけでもない。一般人でも徒歩で行ける距離だ。

私たちの家からフラタ村と逆側にゆるやかなアップダウンの道を歩いていって、途中から一気に下っていき、そろそろまた上がっていくなというあたりに竹林が広がっている。

そんな場所でもし凶悪なモンスターが出現したりすると、高原の家にやってきてもおかしくないのだ。確認はしておくほうがいい。

「何が起きたかわからないんスが、その目で見てもらえれば一秒でわかるっス」

「場所柄、私たちの問題でもあるし、行くよ。朝ごはん食べ終わるまで入って待ってて」

というわけで、ミスジャンティーを交《まじ》えての朝食になった。

ミスジャンティーが店の料理の残りを持ってきてくれたので、朝からやけに豪華になった。

「たいしたものじゃないっスが、持ってこられるだけ持ってきたっス」

大きなバスケットからミスジャンティーはどさどさ店の料理を取り出した。

「おおっ！　朝から肉が多いのだ！　肉だらけなのだ！」

フラットルテが寝起きとは思えない声を出している。

「昨日作って余ったものだから少し硬いかもしれないっスが。そんなのでよければいくらでも食べてもらってけっこうっス」

「言われなくても食べるのだ」

私がかじったチキンもたしかに冷めてはいたが、これはこれでなつかしい。夜に食べきれなくて翌日に持ち越したフライドチキンの味である。

ライカはひと手間を惜しまないので、台所で炎を吐いてほどよく肉を加熱していた。

「温かくなりましたよ。さあ、食べましょう！　手ごね焼きには焦《こ》がしチーズを載せました！」

手ごね焼きというのはパンをつなぎにし、手でこねた肉団子を焼いたもの。つまるところ、見た目も味もハンバーグだ。

これでスープでもあればほぼファミレスだな。

と、ミスジャンティーが大きめの竹製水筒を出してきた。

「この中に店のスープが入ってるっス」

本当に用意周到だな！

結果として朝食には少し重いぐらいのファミレス風の食事になった。モーニングというよりランチと呼びたい。

ライカもフラットルテも、ミスジャンティーが持ってきたものをきっちり全部食べ尽くしてしまった。

「いやあ、知ってはいることっスが、ほれぼれするような食べっぷりっスね」

残り物とはいえ、店の料理がきれいにたいらげられてミスジャンティーも悪い気はしてないようだ。

一方、ドラゴンたちも朝からやけに上機嫌になっている。こういうのは顔にすぐ表れる。

「これはミスジャンティーさんをお手伝いするしかないですね。恩義には報《むく》いねばなりませんから。竹林の問題、解決まで付き合いましょう」

ライカが調子のいいことを言っている。まあ、責任感の強いライカだし、話に顔を突っ込んだ以上はどのみち最後まで見届けるだろうけど。

まだトラブルをこの目で見てないが、ギブ&テイクは成立したと考えていい。

「ありがたいっス。竹の専門家になったとはいえ、まだひよっこで、わからないことばかりで困ってたっスよ。皆さんが横にいてくれるだけでも心強いっス」

「わたしは工場で書類を準備してから、出張に出かけます。たくさんお土産《みやげ》を買ってきますね。皆さんもお元気で」

結局、仕事で出かけるハルカラ以外、家族全員で竹林に向かうことになった。

◇

ミスジャンティー神殿
竹林園
※私有地です。
無断の立ち入り・ごみの不法投棄は訴えます。
※利用のお問い合わせは喫茶「松の精霊の家」か、
お近くのミスジャンティー神殿にお願いします。

竹林にはこんな変な看板が建っていた。

これは本格的に商売に結びつけようとしているな。商魂たくましいのは悪いことじゃないが。以前もミスジャンティーはタケノコを使った料理を試作していた。

「竹林も前より広がってるね〜。一回り大きくなった気がする〜」

ファルファが少し先まで小走りで行って、周囲を見渡している。

「竹は広がるのが早いっスからね。松を育てるより楽っス」

ミスジャンティーは手近の竹をぺちぺち叩《たた》いた。

その竹も異郷の地にもかかわらず、立派に高く育っている。

このへんも松が生えたり、竹が生えたり、じわじわ植生が変わっているな。外来植物として敵視されない程度にやってね。

「成長が早い分、手入れは大変っスが、そこもどうにかやってるっス。で、その手入れの最中に奇妙な竹を発見したわけっス。この先っスよ」

ミスジャンティーは看板横の小屋に入って、大きな工具箱みたいなものを持ってから、竹林に入る。ミスジャンティーを追って、私たちも続いた。

以前と比べると遊歩道のようなものも整備されていて歩きやすい。ハルカラが迷ったようなことも今後はなさそうだ。

ところで妙な竹って何だろう?

この世界には木やキノコのモンスターなんかもいるので、竹のモンスターがいてもおかしくない。竹のモンスターはファンタジーっぽくないが、存在しても不思議《ふしぎ》とまでは言えない。

途中からミスジャンティーは遊歩道から外《はず》れて、完全に竹林の中に分け入っていく。ハルカラが過去に迷ったような場所だ。たしかにどっちも竹ばかりだから、方向感覚がわからなくなる。

そんな場所でも、ミスジャンティーの足取りは堂々としている。いかにも歩き慣れていた。本人が竹林の手入れやチェックをよくやってるのは本当なんだろう。まさしく竹林を所有する地主の振る舞いだ。

そして、問題の竹に行きついた。

「これっス」

そこには節の一箇所が黄金に輝く竹があった。

竹はある程度の長さごとに横の筋が入っているのだが、いわば十両の列車の三号車の部分だけが光っているといった状態なのだ。

それを見た途端、頭の中にとある作品名が浮かんだ。

『竹取物語《たけとりものがたり》』みたいなことが起きてる！

誰も知らない作品名だから頭の中でツッコミを入れたが、前世で何度も聞いたことのある話とそっくりの事態が起きていた。

目線より少し下あたりの節部分だけがキラキラ輝いている。

『竹取物語』の一番頭の象徴的なシーンそのものだ。なにせ、竹を切りにお爺《じい》さんが竹林に来る以外何も起きてない、序盤も序盤のシーンだからね。

この光る竹の中に小さな赤ん坊が入っていて、その赤ん坊がすくすくと美女に成長し、貴族たちに求婚されたりしつつも、最終的に月にある故郷に帰っていく（たしか、故郷で罪を犯していて、それで地球に流刑になったみたいな設定だったっけ。急に話が壮大になるけど、そこはうろ覚《おぼ》えだ）という話だ。『かぐや姫』というタイトルのほうが有名だろうか。とにかくそれと酷似《こくじ》している。

「竹の生育について調べもしたっスが、竹が光るなんて話は聞いたことがないっス。皆さんも知ってると思うっスが竹の中は空洞なんで、空洞に巣くうモンスターでもいる危険があるっス。そこで、皆さんがいる場で確認したかったっス」

たしかに常識的に考えればミスジャンティーが言うように、モンスターでも入ってる可能性のほうが高い。

けど、私の前世の記憶だと、どうしても人が入ってる気がするんだよな……。

「モンスターがいるなら、出てくる前にこの部分をフラットルテ様がコールドブレスで凍結させてやるのだ。出てくる前に退治すれば安全だぞ」

「いや、そこは中身を確認してからにして！　人が入ってるかもしれないから！」

過激な解決策が提案されたのですぐに止めた。

「ご主人様、この中に人がいるって考えてるんですか？　このサイズですよ？　赤ん坊でも入らないと思うのだ」

フラットルテがなんでそんな発想をしたんだという顔になる。

そりゃ、スペースからして、人がいるとは普通思わないよな。しかし、いろんな種族がいる世界なんだから、もうちょっと可能性として考慮してもよくないか？

「だってさ、何があるかわからないじゃん。ほら、クロウラーの子供時代は一般の虫サイズなはずだし」

「こんなとこにクロウラーはいないと思いますよ。けど、アタシなら何か飛びかかってきても対処できる自信があるから中身を出してもらっても大丈夫です」

「我もすぐに叩きつぶせると思います。毒をまき散らすようなものでもファイアブレスで焼き払いますので」

そこまで臨戦態勢にならなくてもと思うけど、心強くはある。

「ありがたいっス。そしたら、この光ってる竹を確認してもらえないっスか？　鉈《なた》は用意してるっス」

ミスジャンティーが大きな工具箱を開けて鉈を取り出して、ドラゴンたちのほうに差し出した。

「まず光ってる部分より上のところを切り落として倒れた竹がぶつからないようにしてから、光ってる節の上のほうを切って、中を確認してほしいっス」

「よーし、やってやる！　フラットルテ様に任せるのだ！」

フラットルテは鉈を手に取ると、すぐさま光ってる部分のすぐ上の、通常の色のところに一撃を加えた。

バサササササッ！

倒れていく竹は周囲の竹に当たった時だけ音を立てた。いとも簡単に第一段階は終了した。

ファルファが倒れたほうの竹を確認したが、そちらは何も異常のない、ただの竹のようだ。

「光ってるところはちゃんとフタがされてるな。このフタを開封するように切ればいいんだな」

「そういうことっス。中から飛び出してくるかもしれないっスから注意してほしいっス」

カエルのモンスターでも入ってるような前提だな。

「さあ、出てくるのだっ！」

フラットルテが鉈をぶんっと振って、フタ部分を吹き飛ばした。

何か出てくるか？

すると、フタが消えた上部から、これまで以上の強い光が！

フラットルテも思わず目をつぶったほどだ。

その竹の節から何かが上がってくる。空中浮遊しているらしい。


それは、それは……人形みたいに小さな女の子だった。


まさにお姫様っぽい衣装だ。姫といってもかぐや姫でイメージするような和服じゃなくて、ファンタジー世界の貴族のお姫様といった見た目の。

「おーほっほっほっ！　ようやく姿を現すことができたわね！　わたくしの名はエーサッス！」

なんか典型的なノリのお姫様っぽいキャラ！　『おーほっほっほっ』て本当に言う人、初めて見たぞ！

「このわたくしの華麗なる伝説が今日からはじま――ぎゃふっ！」

フラットルテがその小さな姫様を両手で上と下からはさみつけた。

「ミスジャンティー、捕《と》らえたぞ。このあと、どうする？」

フラットルテ、すごく冷静！

「ええと……想定外のものが入っていたので、ここからどうするべきかの案がないんスよね……。

人の言葉をしゃべるものが出てくるとは考えなかったっス」

「人の言葉をしゃべるから尋問するのもアリなのだ。ただ、魔法を使ってくるかもしれないから、あまり近づかないほうがいいぞ。ご主人様も能力を鑑定する魔法はないですよね？」

「私はアイテム鑑定の魔法はあるけど、人の能力はわからないな。……っていうか、本当に冷静だな」

何が入ってたか知っててもここまで落ち着いて対処できないと思うぞ。

「ちょっとー！　無礼にもほどがあるわよ！　わたくしになんてことをするの！」

「ミスジャンティーの敷地に変な奴《やつ》が出現したので取り押さえただけだぞ。こっちを無礼と言うなら、お前こそ不法侵入だからな。こっちには捕まえる権利があるのだ」

「手荒ではありますが、フラットルテは正論を言っていますね」

ライカもあきれつつも感心していた。

たしかに私有地に変な者がいるから、それを拘束したという状況である。

「逃げたりしないって言うなら、押さえつけるのはやめてやるのだ。ただし、もし逃げようとしたり、攻撃しようとしたら、叩き落としてやるぞ」

「逃げたりなんてしないわよ！　逃げも隠れもせずに開けられるのを待って竹を光らせていたんだから！」

たしかに潜伏とはとても呼べない目立ち方をしていたな。

フラットルテは上から押さえつけている手を離した。その姫が手の上に載っている形になっている。状況はともかく、見た目だけならなかなか絵になる。

「このドラゴンのせいで聞き逃してる者もいそうだから繰り返すわね。わたくしの名はエーサッスよ。よーく覚えておきなさい」

「面倒だから小さい奴で覚えておくのだ。こんな小さい奴、ほかにいないからそれで誰かわかるしな」

「名前、覚えなさいよー！　エーサッスって言ってるでしょー！」

エーサッスの個人情報はわからないが、性格はフラットルテのおかげでかなりわかってきた。

「質問はこの竹林の地主である私がするっス」

ミスジャンティーが一歩前に出た。

フラットルテの手の上にエーサッスがいるので、サイズは違っても視線は合いやすい。

「まず最初の質問っス。エーサッスさんはどうして竹の中に入って、竹を光らせてたんスか？」

「竹の中に入ったというより、わたくしが竹の中に生まれたのよ。信用できないなら竹の様子を調べなさい。外側から中に侵入した痕跡は一切《いっさい》ないから」

この言葉はおそらく信じていいだろう。竹に外側から入るとなると、手の込んだ作業が必要になる。

「光らせていたのは、わたくしの力によるものよ。わたくしが自分を光らせて目立たせたの。でなきゃ、永久に気づかれないでしょ」

「発光の魔法なんスかね。そこまで珍しくはないから妥当なところっスね」

シャルシャが私の裾《すそ》を引っ張って、耳元で囁《ささや》いた。

「母さん、おそらくこのエーサッスという人は精霊だと思われる。この竹の中にいきなり生まれたようなことを言っている」

「だね。私もそう思ってた」

シャルシャにうなずいて返す。

ミスジャンティーは自分も精霊だから気にしてないようだが、この特徴は精霊のもので間違いない。

ということは生まれた場所からして、このエーサッスは……。

「それでエーサッスさん、あなたの正体は何なんスか？　まだ名前以外聞いてないっスよ」

ミスジャンティーの質問に、小さなエーサッスが胸を張った。

「わたくしは竹の精霊よっ！　この世界の竹を管理する存在ということねっ！」

まあ、そういう結論になるよね。

この世界にかぐや姫が出てこなくても、竹の精霊が出てくることはある。


「それは絶対にないっス！」


ミスジャンティーが大声を上げて、右手をぶんぶん振った。

今言ったことを取り消してやるぞみたいなジェスチャーだ。

「ふえっ……？　なんで大声で否定されなきゃならないの……？　竹の中で生まれたんだから、竹の精霊でしょ……？　わかりやすい因果関係だし……」

エーサッスは半泣きになっている。

サイズが小さいからミスジャンティーもかなりデカく見えているのだろう。そんな相手に大声で否定されたらビビる。

「あの、ミスジャンティー……小さい子に対してデカい声を出すのはよくないよ……」

「おっと、その点は私の落ち度っスね。自分こそが竹の精霊だなんて事実無根のことを言ってきたので、最初にしっかり否定しておくことが大切だと思ったっス」

「あっ？　竹の精霊って別にいるのか？」とエーサッスを手に置いているフラットルテが聞いた。

「もちろんっス。少し前に正式に決まったスよ。これも精力的な活動のおかげっス」

そうなのか。すでに竹の精霊がいるというなら、エーサッスが竹の精霊を名乗るのは一種の経歴詐称になるんだろうか。

竹の精霊が複数人いてもいいのではという気もするが、ミスジャンティーの態度からするとそれはナシっぽい。

「もう、いる……？　じゃあ、その竹の精霊はどこにいるの？　その精霊と話し合いたいんだけど」

エーサッスも想定外だったらしく、次善の策をとろうとしていた。

ミスジャンティーは自分の顔を指差した。

「私が竹の精霊っス」

まさかのミスジャンティー⁉

「はーっ？　バカなこと言ってるんじゃないわ！　あなたからは竹のフォースをろくに感じないもの！」

私も半信半疑だが、エーサッスは一切信じてないようだ。

けど、竹のフォースって何だ？　よくわからないけどオーラとか気みたいなものか？

「竹のフォースが何か知らないっスが、私は竹の精霊が空席だから竹の精霊になるべく努力したっス。おいしい竹の子供の料理——タケノコ料理も何種類も覚えたっス。ほかにも竹の素材としての利用法も学んで、水筒やバスケットもこんなふうに作ったっスよ！」

ミスジャンティーがバスケットをエーサッスの前に提示する。

店の料理の残りを入れてたバスケット、竹細工だったのか！

「喫茶『松の精霊の家』でも販売中っス。丈夫《じょうぶ》だしオシャレっスよ」

こんなタイミングで宣伝するな。

「こういった努力が実を結んで、私は十日前に正式に竹の精霊となったっス。今の私は松の精霊と竹の精霊を兼任しているっス。信用できないならほかの精霊に聞いてみるっス」

「そういえば、朝食の時に竹の専門家になったとおっしゃっていましたが、竹の精霊になったということなんですね……」

ライカの言葉で私も思い出した。言ってた、言ってた。

それから、どうでもいいけど、精霊ってそんな検定に合格するみたいな努力でどうにかなるのか。

「精霊が正式に認められるって具体的にどういうことなのだ？」

フラットルテがもっともな質問をする。

「それは、なんか、その……おおいなる存在に認められたんだなってわかるんスよ」

ふわっとしすぎだろ！

「テキトーなことをぬかしてると思われるのはわかるっス。でも、そういうもんスよ。精霊ギルドがあって、そこで認定証を発行されたりみたいなことはないっス。自分が何の精霊かはわかるものなんスよ！」

必死になってミスジャンティーが主張した。

精霊を知らない赤の他人が聞いたら十人中九人は信じないと思うが、これは事実のはずだ。

私の知っている精霊も誰も認定証なんて持ってない。

そして精霊に関する経歴詐称《けいれきさしょう》をしたケースもない。

イヌニャンクがタコの精霊になった時もふわっと決まっていたはずだし、ちゃんと強い泡を作る能力だとか月の精霊とは何の関係もない力が増えていた。

「既存の精霊に追加の精霊の資格が付与される場合は、ゆるく決まる。前例を確認しても問題ない。むしろ、神が現れて伝説のアーティファクトを置いていったといったような話があるほうがでっちあげた可能性が高い」

シャルシャが言うと、大幅に説得力が上がる。

ちょっとややこしいが、精霊である証拠が明確にあるほうがかえって不自然なのだ。

「え、ええ……？　こんな竹の精霊であるべくして生まれたわたくしがそうじゃないなんて……。これだけでは引き下がれないわよ……」

エーサッスはまだ認められないようだが、声はさっきより弱々しい。

体が小さいから、声を張らないと聞こえづらい。

そこにロザリーが入ってきて、ミスジャンティーを見下ろすように眺めた。

「あっ！　魂がこれまでと微妙に変わってるぜ！　精霊の魂だけど、ただの精霊の魂とはちょっと違う！　精霊を兼任してる証拠だな……」

魂で判別できた！

「そういうことっス。今の私はこれまでのミスジャンティーじゃないっス。竹の精霊としての仕事も本格的にはじめるつもりっス。今度、予約があればタケノコ御膳《ごぜん》を用意することもできるっスよ」

精霊の実力の見せ方が地味すぎるだろ。

サンドラが竹に耳をひっつけた。

「ふうん。竹もミスジャンティーが自分たちの王のように感じるって言ってるわね。そこの小さいのは、とくに何とも思わないって」

竹からもミスジャンティーを支持する声が！

竹がミスジャンティーを認めるなら、これは覆《くつがえ》せない。

「以上、エーサッスさん、あなたが竹の精霊を名乗ることは認められないっス！　なぜなら私が竹の精霊だからっス！　これは何があろうと変わらない真理っス！」

ミスジャンティーは人差し指をずーんとエーサッスの前に突き出した。

エーサッスのサイズなら握《にぎ》り拳《こぶし》を前に出されたぐらいのインパクトはあるだろう。

「じゃあ、わたくしは何なの？　何の精霊なの……？」

逆にエーサッスが質問をする。

「体は小さいけど、精霊の魂であることは間違いねえな。人間とも魔族ともモンスターとも全部違う形をしてるぜ」

ロザリーが魂を見てくれたので、エーサッスが精霊ということだけはわかった。


「そうっスね……。ううん……。ええと……。『　　の精霊』ってことでどうっスか？」


「『　　』の部分は何よ！　ただの間《ま》だったわよねっ！　せめて植物名の一つでも入れてよっ！」

「ここでテキトーにオレンジの精霊って言って、オレンジの精霊がすでにいたら問題になるっス。だから、いいかげんなことは言えないっス」

精霊のシステムも意外と面倒だな……。

「だからって、『　　の精霊』は困るのよ！　仮でもいいから名前は必要でしょ！　精霊を名乗るのに何の精霊かは言わないって、いかにも偽物っぽいし！」

詐欺師っぽいという点は同意する。

「『＃＝▽の精霊』……でどうっスか？」

犬があくびに失敗したような、間の抜けた発音だった。

「意味のない音で誤魔化《ごまか》さないでちょうだい！　このままじゃ据わりが悪すぎるのよ！」

「そう言われても困るっス。『（仮）の精霊』とかにして、空いてるものを見つけてくれっス……」


「（仮）の精霊……」


愕然《がくぜん》としたエーサッスがフラットルテの手のひらの上で膝《ひざ》をついた。

世界一モヤモヤした精霊が誕生してしまった。

◇

竹の精霊の立場に関してはかたくなに譲らなかったが、エーサッスへの生活支援という点ではミスジャンティーは協力的だった。エーサッスは何の精霊か決まるまで、喫茶「松の精霊の家」で暮らすことになった。

ミスジャンティーいわく「店なら食事がいくらでもあるっスからね」とのことで、たしかに拠点とするにはよい場所だと思う。

「私も意地悪がしたいわけじゃないんスよ。同じ精霊だし、手助けはするっス」

精霊同士楽しくやっていこうという気持ちはミスジャンティーにもあるようだ。何の精霊かわからなくても精霊は精霊なのだ。このあたり、人間にはあまり似た状況がないと思う。

エーサッス側も小皿の上に置かれた、細かくちぎられたパンを両手でかじりながら、

「必ずいい精霊になってやる！（仮）の精霊なんて情けないものから、誰もがすごいと思う精霊になってやる！」

と闘志をあらわにしていた。

なんとしてもいい仕事見つけるぞと気合い入れてる就活生みたいだった。

これだけ気合いが入ってるなら、空いている精霊のポストぐらいすぐ見つかるだろう。


そうでもなかった。

エーサッスが出てきてから一週間以上過ぎたが、話は進んでいない。

そのため、喫茶「松の精霊の家」のオープン前の時間、店の中に何人か精霊たちが集まっていた（私もエーサッスが竹から出てくるところを目撃した立場なので、見届ける義務がある気がしていて顔を出していた）。

「水関係の精霊はかなり地味なものまで埋まってるのよね～。したたりの精霊だって、ずいぶんニッチだし」

ユフフママが思案するように視線を天井《てんじょう》のほうに向ける。

「何か余ってないの？　湧《わ》き水《みず》の精霊とか滝の精霊とか」

エーサッスはテーブルの上に立って、ぴょんぴょん跳ねていた。跳ねることでちょっとでも大きく見せているんだと思う。かぐや姫と違って、すくすく大きくなるみたいなことはないようで、ずっと小さいままだ。

「湧き水や滝の精霊は大昔からいるわよ。どっちもさりげなく存在してるのですらなくて、人間に信仰されてるほどよ。人間は水を神聖視しがちだから」

水がないと生きていけないからな。湧き水スポットにはちょっとした祠《ほこら》ぐらいは作られてそうだ。

「そこをなんとか。少しぐらいは我慢《がまん》するし！」

ユフフママは持ってきたノートをぺらぺらめくっている。知り合いの精霊の住所でも書いてあるんだろう。

「下水の精霊ならいないわね」

「嫌《いや》！　汚いし、ほかの精霊からも小ばかにされそう！」

エーサッスが首を横に振ったので、この案はナシだ。

今度はアスファルトの精霊モリャーケーのほうまで、エーサッスはテーブルと椅子《いす》を走ったりジャンプしたりしてやってきた。

なんとなく、昔のアクションゲームっぽい。赤いつなぎを着たヒゲのおじさんのゲームを思い出す。

「あなたは岩石関係の精霊に詳《くわ》しいでしょ。何か空いてる石ってないのかしら？」

「水と同じく、石の精霊も大半がすでに埋まっておるからの。かなりマニアックな石にせんと、精霊にはなれぬぞ」

石タイプの精霊もいかにも人気がありそうだ。モリャーケーすらアスファルトっていうちょっと特殊なものだし。

「ほとんど知られてない鉱物でもいいからっ！　（仮）の精霊よりはたいがいまともだから！」

そこに粘土の精霊のバルフェンさんが近づいてきた。

「無理ぞな。鉱物は稀少《きしょう》なものまでたいてい誰かが管理しておるぞな」

それにしても、いろんな精霊が集まっていて豪華な環境だ。

精霊側も未定のままの精霊がいるのはかわいそうだと思っているようだ。

「うぅ……。『その手があったか！』っていうような意外な枠はあったりしないのかしら？」

モリャーケーとバルフェンさんが顔を突き合わせてぼそぼそ協議をした。

「あ～、これなら空いているというのがあったのじゃ」

「どんなの、どんなの⁉」

「『知らない間に靴の中に入り込んだちくちくする鬱陶《うっとう》しい小石の精霊』なら空いておるぞ」

「やるわけないでしょ！　まさに小石のようにつまらない精霊にしか聞こえないっ！」

そりゃ、喜んでやりたくはないわな。

「せめて小石の精霊にしてよ！」

「小石の精霊なんて陸地ができた頃《ころ》からいるから、なれるわけないぞな」

バルフェンさんが一蹴した。

そのあともクラゲの精霊のキュアリーナさんが誰一人ピンと来ない海中の生物の精霊が空いてると言ったが、当然エーサッスが拒否した。

「ていうか、石や鉱物タイプの精霊が埋まりまくってるのに、よく竹の精霊が空いてたね……。竹の種類ごとに埋まっててもおかしくなさそうだけど」

「何事にも偏在性《へんざいせい》ってものがあるっスよ。完全に均等にばらけることはなくて、やたら混んでるところもあれば、スッカスカのところもあるっス」

ミスジャンティーが言っているとおりなのだろう。おそらく意外と精霊がいない分野もあるはずだ。で、ミスジャンティーはちょうど空いてる竹の精霊になって、ちょっと出遅れたエーサッスが途方に暮れているのだ。

「そのスッカスカの場所はどこなのよ？　植物は案外空いてそうだけど……」

「植物っスか。バラは埋まってるっスね。それと、リンゴもオレンジも精霊が担当してるっス。とくに柑橘《かんきつ》系は難しいっスね」

精霊たちが集まって、ああだこうだ話をしだした。

これは時間がかかるか。

何の精霊になるかって大事なことだし、やっぱり向いてないからやめときますってこともできないだろうし、そんなテキトーに決められないはずだ。今日中には無理か。

「あっ……。今、何かひらめきかけたっス」

状況を打開しそうなことをミスジャンティーが言った。

「マジで⁉　すぐにわたくしに教えなさい！　さあ、さあ！」

エーサッスがジャンプしながら言った。体は小さいがアクティブな精霊だ。

「そういえば、竹以外にもなんか扱えそうな――」


「店長、肉の仕込み、完璧《かんぺき》に終わりましたよ！　はっはっは！」

後ろのほうから明るい光とともに、偉そうな声が聞こえてきた。

この喫茶店で働いているマンドラゴラの精霊ナスカだ。人間の姿を保てる肥料があるのか、今日も草の姿ではないな。草だとそもそも働けないだろうけど。

「声が大きすぎるっスよ。それと、開店時間までそんなに時間がないから威張るほどではないっス。むしろ、もうちょっと余裕を持って行動してほしいっス！」

「はっはっは！　英雄というのはピンチの時に出てくるように、ちょうどよい頃合いに仕事をしてるんです！　ギリギリ間に合うぐらいが一番かっこいいでしょう！」

「普通に困るのでやめてほしいっス。そんなんじゃ昇給はしないっスからね」

昇給させないと言われたにもかかわらず、ナスカはちっともめげずに厨房《ちゅうぼう》のほうに戻っていった。

「もう少し空気を読んでほしいっスね。……で、何の話をしてたっスかね……」

話が流れたせいで、忘れちゃってる！

「ちょっとー！　いい案をひらめいたみたいなこと言ってたじゃない！　ほら、どんな案なの？」

「ええと……竹以外にも私が操《あやつ》れそうだなと思った植物があって、精霊も配置されてなかったのでいけると思ったっスが……忘れたっス」

「もーっ！　あのナスカって精霊のせいじゃないのー！　文句《もんく》言ってくるわ！」

エーサッスはテーブルをダッシュして、床に着地すると、そのまま床もダッシュして厨房に向かった。

やっぱり昔のアクションゲームっぽく見えた。

空中に浮いてる「?」って書いてあるブロックを叩いて、キノコを出しそう。

「そろそろ開店時間なんで、皆さん、今日はこれでおしまいっス。ご足労いただきありがとうございましたっス」

この会議では解決できないまま、終わりになってしまった。

「ここからはお茶も有料っス」

そこはちゃっかりしてるんだな。

精霊たちがぞろぞろ帰っていく。ドアから出ることもせずに、気づいたら消えてる精霊もいた。

私も帰るかと思ったところで、

「アズサ、せっかくだからお茶でも飲んでいかない?」

とユフフママに声をかけられた。

断る理由もないのでお誘いに乗ることにする。

「何の精霊でもない存在って過去にもいたの？」

精霊のことなら相当詳しそうなユフフママに質問する。なにせ世界精霊会議のとりまとめをやってるぐらいだからな。

「さすがに見たことはないわ。今回は竹の精霊としてエーサッスって小さい子が出てくるちょっと前に、ミスジャンティーが竹の精霊になってしまって、席を取られてしまった格好ね」

「やっぱり、例外的な事例か」

「エーサッスって子はやたらと小さいけど、もしかすると竹の精霊の要素がミスジャンティーに取られたせいで、力を吸い取られるみたいな形で小さくなっちゃったのかもしれないわね」

「まさか小さいことにも、今回のことが影響しているとは……」

「あくまでも、かもしれないってだけだけどね。精霊の姿と形は千差万別《せんさばんべつ》だから」

「竹の精霊の要素を取ったっていうのは人聞きが悪いっスね。私が竹に影響を与えることができるようになってたのはもっと前からっスよ。正式に認められたのは最近でも、有資格者ではあったっス」

そこにミスジャンティーがお茶を持ってきた。

ミスジャンティー側からすれば、竹の精霊のつもりの精霊が来るなんて想像もできないから悪者扱いされるのは不服だろう。

「それに、竹の精霊は私が譲るとか譲らないとかじゃないっス。社長とか国王とか、違う者に渡せる役職ではないっス。私がケチで譲らないんじゃなくて、譲りようがないんスよ。先代の竹の精霊も先々代の竹の精霊もいないっス」

「どうにか精霊で空席のものを探すよ。できれば植物関係のほうが自然だとは思うんだけどな。エーサッスも竹の精霊になるつもりだったわけだし」

そのエーサッスは接客をするナスカの肩の上に乗っていた。

生活環境は整っているとはいえ、ここまではっきりと「お前は何者でもない」と言われてる状況はめったにないから居心地は悪いだろう。

一般の客はそこまで驚かずにその様子を見ていた。

「光る店員の次は小さな店員か」「この次は見えない店員とかが来るんじゃない？」

いや、このへんの住人、いろいろと慣れすぎだろ。

私も散歩の最中などに何かよい精霊がないか考えたが、いまいちいい案は浮かばなかった。

そのへんの植物の精霊をやれるのならミスジャンティーが気づくだろうし、すでに担当の精霊がいるか、エーサッスがやりたがらないかのどっちかだろう。

植物についてならハルカラに聞くべきなのだが、この一週間ハルカラは高原の家にも帰ってきてない。出張のため、ワイヴァーンに乗って遠方の土地まで一人で赴《おもむ》いているのだ。

イチから何の精霊になるか決めるとなると、エーサッスも雑に選べないだろうし、どっちみち時間はかかるだろう。なのでハルカラが戻ってきてからでも時間はいくらでもあるはずだが、一度相談でも——

と、高原に影ができた。

空を見上げると、ワイヴァーンに乗ったハルカラだった。

「ただいま帰りました〜！」

ハルカラは高原の家に戻ると、いろんなお土産をテーブルに置いた。仕事の帰りというより、遊びの旅行の帰りという量だった。

「食文化が違うところに行くと、ついついお試しで買ってしまうんですよ。日持ちしないものは買えませんけどね」

ハルカラはすぐに食材の一部を出してきたお皿に用意していく。

帰ってきたばかりというのに、フットワークが軽い。

お皿にはなにやらぬか漬けみたいな魚が出てきた。

味噌《みそ》漬けみたいなものかと思ったが、魚がちょっと刺身っぽいのだ。刺身みたいな切り身になっているし。

「何、これ？　どこの料理？」

「魚の発酵食品です。独特の味ですが、いわゆる珍味なんでしょうね」

独特の味って表現が食べ物に使われてる時って、あまりいい思い出がないんだよな。

だが、見た目は明らかに魚だし、刺身一切れ分を食べるぐらいならいいか。

食材すらわからない食べ物と比べれば忌避感《きひかん》は薄い。

手で一切れをつまんで、口に入れた。

強烈な酸っぱさが口に広がる！

「うわ！　酸っぱいヨーグルトをさらに酸っぱくしたような味だ！　かすかにその奥に魚の感じがあるけど、ほぼ酸っぱさしかない！　そのあとにかなり強い塩辛さ！」

「ですよね～。わたしも魚の旨味《うまみ》を感じるのにはしばらく時間がかかりました。食べていくにつれて旨味を感じ取れるようになるんですよ～」

「それだったらすぐにおいしいと思える料理のほうがいいな……」

残すのもアレだから、一応残りもちょっとずつ食べるか。やはり強烈に酸っぱい。

だが、さっきよりは魚の味を強く感じる。さっきは後ろを小走りで通り過ぎてただけだったのが、今度は顔だけは見せてくれているというか。

「別に好きとまでは言えないけど、こういう料理があってもいいんじゃない？　酸っぱいだけじゃなくて塩辛さもきつすぎるけど、保存のためなんだろうな」

「慣れればこの滋味深い味が癖《くせ》になるんですよ。というわけでフナという魚の発酵食品でした」

フナ⁉　これって川魚だったのか。

前世でも寿司《すし》の先祖みたいな発酵食品が古代から存在してたな。それに近いものだろう。

「それにしても酸っぱいな。口の中がすぼまっちゃうよ――あっ！」

頭の中にいい案がひらめいた。

そうだ、酸っぱさのジャンルは違うけども、酸っぱい食べ物で有名な植物があった！

私はシャルシャとサンドラに尋ねてその植物がちゃんと存在するか確認した。この世界にもちゃんと存在するようだ。

私は夜、喫茶「松の精霊の家」が閉店する頃合いを見計らって出かけた。

月がなかなかきれいな夜だった。


「ねえ、梅《うめ》の精霊って空いてる？　空席なんだったら梅の精霊はどう？」


私がエーサッスに言うと、まず先にミスジャンティーが反応した。

「そう、それっス！　私もそれならいけると思ったっス！　前に言おうとして明るい精霊の邪魔《じゃま》が入って忘れちゃったんスよ」

ミスジャンティーが梅を意識してたというのは本当だろう。本人も前々からどうも相性がいいと感じていたらしい。

前世には松竹梅って言葉があったぐらいなので、松の精霊であるミスジャンティーは竹とも梅とも親和性があるんだと思う。

冗談みたいな話だがミスジャンティーが竹に着目して、ついに竹の精霊も兼任しちゃったのだから十分にありえることだ。

一方、エーサッスはあまりピンときてないらしく、「どういう植物?」と言った。

「プラムみたいな植物なんだけどね。このへんには生えてないけど、こういうやつ」

私はシャルシャの植物図鑑を持ってきていた。しおりをはさんでいた絵入りの紹介ページをさっと開く。

「へえ。なかなか可憐《かれん》な花ね。これならやってもいいかも」

「悪くないネタだと思うよ! これで(仮)の精霊ではなくなる!」

本人が梅を知らないのに、梅を司《つかさど》る精霊をするのも変かもしれないが、何の精霊でもないよりは確実に据わりがいいだろう。

「それにしてもアズサさん、よく梅って名前が出てきたっスね。このへんには生えてないっスよ」

ミスジャンティーは感心というより不思議がっていた。

「食品のほうに心当たりがあってね」

梅を使った食品といえば、梅干しだ。

強烈な味なせいで好き嫌いのほうも強烈に分かれる食品だ。

というか、梅干しって日本以外で食べてるんだろうか。梅の文化は中国から海を渡ってきてるから中国にはありそうだけど、中華料理に梅干しのイメージってないよな。タイまで西に行くと絶対食べてなさそう。

酸っぱさの方向性は違うが、ハルカラのお土産でふと思い出したのだ。

「この土地には生えてない植物っスけど、地域によってはけっこう有名な樹木っスし、精霊をやるのにはいいと思うっスよ」

「へ〜、じゃあ、梅の精霊ってことにしようかしら……」

これで何の精霊か決まった！

「それじゃ、梅を知らないまま梅の精霊になるのもよくないっスから、梅をいろいろ体験してくるっス。こういうのは早目に行動しないと、また直前に梅の精霊が決まったら悲劇っスからね」

ミスジャンティーがエーサッスをつかんだ。サイズが小さいから人形みたいに簡単につかんで持ち上げられる。

「梅が生えてる地域は時差で日中だと思うし、確認もしやすいっスよ。百聞《ひゃくぶん》は一見《いっけん》にしかずってやつっス」

そう言って、ミスジャンティーは店のドアを開けて外に出た。

どういう原理かわからないが、あれで梅が生えている地域までワープしたのだろう。

私が一人残されて手持ち無沙汰《ぶさた》だが、ナスカがお茶とお菓子《かし》を持ってきたので、それを食べながら待つことにした。

十分ほどして、二人がドアから入ってきた。

二人とも苦しそうに口を開いている。

「うばぁ～！　うげぇ～！　とんでもない味っス！　梅干しは食えたもんじゃないっス！」

「口の中が変になるわ！　あれ、どういう食べ物なの？」

梅干しによる通過儀礼を受けたか……。

「酸っぱくはあるけど、ここまで過剰な反応を示すものなんだな。やっぱ、ダメな人には本当にダメなんだ……」

「ああいう郷土料理は食べ慣れてないときついのもあるっスが、かなりの衝撃だったっス。お世辞にもおいしいと思えるものじゃないっスね……」

異文化ぐらい平気で吸収しそうなミスジャンティーがこの反応ということはまったく合わなかったんだな……。

エーサッスはティーカップの中に手を入れて、泉の水を飲むみたいにごくごく飲んでいた。体が小さいとそういう飲み方になるのか。

まずいな（梅干しの味がまずいということじゃなくて、状況がまずいという意味だ）。

梅干しがきついから梅の精霊は辞退するという話になると、またふりだしに戻ることになるぞ。

「あの……エーサッス、梅干しは口に合わなかったみたいだけど精霊はどうする……？」

自分で提案した手前、ここで確認しないわけにもいかないので、私はまだ梅干しの衝撃が残っているエーサッスに聞いた。

「や、やるつもりよ……。梅干しはマジで無理だけど、園芸品種としてよく知られてる樹木みたいだし、なかなかいいポジションだと思う」

おお！　よかった！　これで今の宙ぶらりんな状態はおしまいだ！

「これからは梅の精霊エーサッスよ！　おーほっほっ！　……今、ちょっと声がかすれてたわね。おーほっほっ、おーほっほっ」

早速、あいさつの練習もはじめている。これでアイデンティティーに悩むこともなくなったはずだ。

ミスジャンティーもお祝《いわ》いだと思ったのか、いくつも店で出すお菓子を持ってきてくれた。エーサッスからしたら食べきれないような量だ。ほとんどお菓子の家がやってきたようなものじゃなかろうか。

「よかったっス！　よかったっス！」

「わたくしもこれでやっとほかの精霊と同じフィールドに立てるのね！　もうみじめな思いをしなくて済むのよ！　今日が梅の精霊エーサッスの誕生日よ！」

「水を差すようっスが、それはちょっと違うっスね」

「違う？」

「まだ自分が梅の精霊だって啓示みたいなのを受けてはないっスよね。なので、梅の精霊とまでは言えないっス。精霊が梅の精霊を自称してるだけの段階っスから、『(仮）の精霊』から『自称梅の精霊』に変わったってところっスね」

自称梅の精霊⁉

肩書きとしてはさらに胡散臭《うさんくさ》くなってないか⁉

「ふざけないでちょうだい！　それじゃ、梅の精霊じゃないみたいでしょ！」

「事実、梅の精霊ではないっス。梅の精霊になるつもりでいる段階っス。梅の精霊かどうかは精霊側の意思で決めるものではないっス」

「だからって『自称梅の精霊』っていうのは悪意があるでしょ！　そこは梅の精霊だけでいいじゃない！」

「それだと経歴詐称になってしまうっス。国家試験が必要な職種の人が合格前からその職業を名乗ってはいけないようなもんスよ。試験でいかに好感触だったからって、合格前に名乗っては犯罪っス」

「だったら何も名乗らないわよ！　自称梅の精霊って偉そうに名乗る奴なんていないでしょ！」

「だったら、『　　の精霊』とでも名乗って待つしかないと思うっス」

「それが一番嫌！　可能性だけ無限にあると言ってて、結局何も決まってないだけの状態みたいで嫌！」

「今の状況はそういうことっスけどね」

早く梅の精霊になれるといいね。

終わり

森田季節
Morita Kisetsu
illust. 紅緒
The white journey of a margrave
辺境伯の真っ白旅
スライム倒して300年、
知らないうちにレベルMAXになってました
—スピンオフ—

ワタシがワイヴァーンから降りたのは、はるか彼方《かなた》までのっぺりとした原野が広がっている場所だった。

とある地方の、辺鄙《へんぴ》も辺鄙な場所だ。

おかげでワイヴァーンも困惑《こんわく》していたが、冒険者は変なこともするものだと思っているのか、とくに何も聞いてこなかった。何もなさそうなところにダンジョンがあったりするのは事実だ。ダンジョンはもう少しアクセスをよくしてほしい。行くだけでくたびれるダンジョンがけっこうある。

ワイヴァーンはワタシを降ろすと、すぐに背中を向けて飛んでいった。そのうち背中も見えなくなった。

「なんでしょうか、こう……つまらない景色がどこまでも続いてると、それによって新しい意味が生まれるものですね。一軒家程度の更地を見ても何も思わないわけですが、更地が果ての果てまで続いてると変な感慨《かんがい》があります」

物事のスケールが大きくなると、普通のスケールの時にはなかった意味が発生することがある。

この原野はまさにそういうところだ。

だが、別にワタシは秘境探検家ではない。秘境にダンジョンがあって、結果的に訪れたことは割とあるが、秘境を目的地にしていたわけではない。

数分突っ立っていると、目の前に黒いローブ姿の女が突如《とつじょ》出現した。

ゴキブリの精霊ティルミサだ。

精霊ともほとんど交流を持っていない一匹狼《おおかみ》的な存在。普段は素性を隠して、ギルド職員として働いている。

「じゃあ、今日からはじめるから」

そうティルミサは言った。

あっ、タメ口になっているとワタシは思った。

口調も変わるとは事前に聞いていたが、本当に変えるんだ。

表情もこれまで会った時よりは厳しい気がする。

「本日はよろしくお願いいたします」

ワタシはこれから師匠《ししょう》になる相手に礼をした。

「それじゃ早速、発声練習から」

ぱんぱんとティルミサは二回、手を叩《たた》いた。

ワタシ以外に聞く者が存在しない音が鳴った。

◇

ティルミサは古代から活動している、とくに活動期間の長い精霊だ。

そのせいか、彼女は現在には伝わってないような古代魔法をいくつも使用できる。

厳密には古代魔法を使える者の実例が少なすぎて、ティルミサがどれぐらいの古代魔法の使い手かは判断できないのだが、実力者の風格を持っている。

雰囲気《ふんいき》は大事だ。いかにも三下という雰囲気の奴と、いかにも強敵という雰囲気の奴なら、九割がた後者のほうが強い。人は見かけによらないが、見かけすらいいかげんな奴《やつ》はたいていしょうもない。

そんなティルミサにワタシは古代魔法の教授をお願いした。

サーサ・サーサ王国でゴキブリ問題を無事に解決した後のことだ。

悪霊たちは古代魔法を継承しているが、魔族に伝えたものを含めても表に出ているものはごく一部のようだ。それすら見聞きした程度で使えるようになる代物ではない。

ティルミサは知る限り、この世界で悪霊たち以外のルートで唯一、古代魔法を使用できる存在だ。

ティルミサは「ギルドの仕事がない時間であれば」と許可は出してくれたが、ほかにこんな条件を提示してきた。

「私があなたに古代魔法を教えるということは、私とあなたは師弟関係になるということです」

「それは、当然そうなりますね」

こちらは教えを乞《こ》う側だから、相手には敬意を払わなければいけない。

「なので、ワタシは今のような丁寧《ていねい》な言葉遣いはしません」

「はっ？　はぁ……。まあ、それぐらいならいいですが」

事前に告知するほどのことか。トラブルを避けるためと考えれば悪いことじゃないが。

「暴言を吐くようなことはないですが、冷たく感じることはあると思います。それでいいなら、お引き受けしましょう。……あっ、もう一つ言い忘れていました」

まだ、あるのか。けっこう細かいことを気にする性格だな。

「古代魔法は秘密厳守でお願いします。もし他人に教えたのがわかったら、その時点で一切《いっさい》の教授を中止しますし、別の記憶を上書きする魔法も使用して、あなたとの接点も消してしまいますので」

「そっちのほうがはるかに重要ですよね！　そっちを忘れることってありますか？」

「そもそも指導を受諾した時点で、秘密は守るだろうと私が判断したようなものですが、念のためお気をつけください。それから指導後は毎回、食事に行きます。自分の分のお金は払ってください」

「打ち上げみたいなものですか？　大丈夫ですけど」

そんなわけでワタシは古代魔法を教えてもらう権利を得たのだ。

◇

「ええと……▽◇□○～」

「違う。やり直し。その発音じゃ何もできない」

「……▽◇□○～」

「ダメ。もう一度。今の言葉の発音は一回忘れなさい。今の言葉にはない古代の発音をしなきゃ意味ないから」

ワタシはひたすらティルミサにダメ出しを受けていた。

「基礎の基礎から間違ってる。やり直し。はい、すぐやる」

ワタシは舌を口の中でぐねぐね動かして、ふざけてるような鼻にかかった声を出す。

無論ふざけてるどころか、とてつもなく真剣《しんけん》だ。失敗すれば容赦なく指摘を受ける。

ワタシは間の抜けた声を必死に出しながら、思った。

何度もできてないと否定されまくるの、きついな……。

今なら、ティルミサが言葉遣いを丁寧なものにはしないと断りを入れてきた意味がわかる。

ダメ出しの連発はストレスが溜《た》まるのだ。

ちょっとしたイライラが積み重なって層になっていく感覚がある……。

「集中力が途切れてきてる。指摘ばかりで腹が立ってる？　練習だけに集中して。はい、もっと声を出して」

「は、はい……！」

こっちがイライラしてることをわかってるなら言い方だけでも変えてほしいが、こっちから言いだすと小物みたいなので我慢《がまん》した。

それに発音ができてないことは事実だ。ワタシの発音が完璧《かんぺき》なら褒《ほ》められることはなくても、ダメ出しされることはないはずなのだ。

「姿勢が悪いから声が出ないのかな。もっと胸張って。はい、ちゃんとやって」

「わかりました……」

「なんだか、ギルドの覚《おぼ》えの悪い後輩職員みたいね。事務上のことなら三回言っても直らないなら無視するけど、魔法のことは努力したからといってすぐにできるとは限らないから指導は続けるわ」

この人、ギルドでも後輩にこんな態度をとっているのか。

対外的な場では丁寧だけど、上下関係があるとやたらと厳しい人ってたまにいるな。よく行くギルドでも、冒険者に対しての時の応対はやわらかいけど、後ろで部下を呼ぶ時はちょっと冷たい職員がいる。

ワタシは腹が立つのを抑えながら、声を出すのを繰り返した。

マースラ師匠の時とはまた違った苦しさがある……。

指導内容は圧倒的にマースラ師匠よりまともだが（マースラ師匠の場合、ほぼ指導してなくてワタシが独力で成長した面が大きい。これはおごりじゃなくて事実）、できてないことを指摘されるとこうも嫌《いや》な気持ちになるものなんだな。

つきっきりで丁寧に教えてくれる師匠って存在しないのだろうか？

そんな難しい注文じゃないだろ？

落ち着け。発音で苦労するのは魔法使いなら誰《だれ》もが通る道だ。

自分はそれを一度は乗り越えている。

必ずどうにかなる！

こういうのは心持ちだけでも前向きになったほうが早く成長するものだ。

切り替えていくぞ！

その時、ブ〜ブ〜という重低音が響いた。

いや、こんな原野で何が響いてるんだ？　動物の鳴き声でもないはずだし。あれ……この音、頭に直接響いてないか？

「ああ、この音がしたってことは終わりね。時間になると、頭に音が鳴る魔法を使ったから」

「そんな変な魔法まであるんですね……」

古代魔法って何でもアリだな。

「お疲《つか》れ様。できてないところはまた次回に改善するということで」

「あの……ワタシ、まだやる気はあるので延長してもらっても……」

「そういうのナシ。時間が過ぎたのに続けることでやる気だけアピールしてもしょうがないし。私にアピールしても上手《じょうず》にはならないから」

この人、時間にすごく厳しいタイプだ。

今後も絶対に遅刻しないようにしよう。

「だいたい、ワイヴァーンが送迎に来た時に古代魔法が見えたらまずいでしょ。時間になったらすぱっと終わる、それが一番いいの」

「ワイヴァーンが来たら視界に入りますし、大丈夫かなと……」

「だとしてもやらない。練習時間を延ばすぐらいなら、一回ごとの精度を上げることを考えて」

ティルミサは扇子《せんす》を取り出して、ぱたぱたあおぎだした。

別に暑くもないので、今日はやらないぞというアピールだろう。

「ここからは食事をしながらの反省会ね。この地方の街の店を予約してるから」

「やっぱり、この流れで食事に行くの、おかしくないですか？」

「でも、このカリキュラムで問題ないってあなたも受け入れたでしょ？　今からおかしいと言うのはルール違反だから。契約してからひっくり返すだなんて獣《けもの》にも劣る所業よ。ゴキちゃんでもそんなことはしないから」

「言葉が強すぎるでしょ」

指導の後に食事があるというのを事前に聞かされていたのは本当だ。

ただ、その時はてっきり熱血指導してから、ガブガブ酒を飲む流れを想像していた。

冒険者の中にも仕事終わりに酒場に繰り出す人間は多い。

それはダンジョン攻略の後に限らず、若手の特訓に付き合った後でも同じだ。伝説的な冒険者の中にも、酔っぱらってる時のほうが真髄《しんずい》を話してくれるので、とっとと酔わせたほうがいいなんて言われていた人がいたという。冒険者と酒は切っても切り離せないものなのだ。

本職はギルド職員とはいえ、ティルミサの場合もそうなのかなと思っていた。

しかし、この調子だと絶対そういうのとは違う。

食事の席でもねちねち問題点を詰められるのは勘弁してほしいぞ。

まさにごはんがまずくなる……。

しばらくすると、帰りのワイヴァーンがやってきた。

「ちょっと遅れてきたけど、予約の時間には間に合いそうね」

どんな店に連れていく気なんだ……？


連れてこられたのは、原野からはまだ近い街の、いかにも高級な雰囲気の店だった。そこの二階の個室だ。

メニューもコースなので最初から決まっていて、せいぜいどのワインにするか選ぶぐらいだった。

「うん、このテリーヌはなかなか上品。料理人の丁寧な仕事ぶりが感じられる」

ティルミサはうなずきながら笑っていた。

「あの……まるで祝勝会みたいなお店のチョイスですが、これ、発音すらろくにできてない特訓初日でいく店ですか？」

ワタシは経済的に余裕があるから問題ないが、そのへんの冒険者だとなかなか入れないグレードの店だ。

「特別な日にしか特別な店を選んではいけないなんて決まりはないし、その日を特別にするかどうかは自分の心構え一つでしょ？」

名言みたいなことを言われてしまった。

「それに、あなたは一流の冒険者だから、こういう店は慣れていると思うけど。安い酒でガハハ、ゲハハって笑ってる層じゃないはず」

「たしかに高い店も知ってますよ。それと、安い酒でガハハ笑うっていうのは冒険者に対する偏見《へんけん》です――と言いたいんですが、そういう連中がごまんといるのは本当なので、否定できないのがつらいところです」

「私の趣味は食べ歩きなの。幸い、ゴ……眷属《けんぞく》のおかげでいい店の情報は入ってくるから、そこを回ってる」

今、ゴキちゃんと言おうとして、食事中にはふさわしくないと思って、表現を変えたな。何の精霊か知ってしまってるから、ほぼ意味ないけど。

「趣味があるのはよいことですね。精霊の方は何を目的に生きていいかわからなくなってるケースが多いと聞きますし」

精霊はとんでもなく長く生きてるからな。

ワタシもテリーヌにナイフを差し込む。

おいしいとは思うが、味よりも手間のほうに時間がかかってる料理だなと感じる。

「そう、食べ歩きなら、ほとんど永久に続けられるから趣味としてちょうどいい。何かを達成することを目的にするのはあんまり盛り上がれないの」

古代魔法を覚えようと思っているワタシへの当てつけかと感じたが、ティルミサにそんな意図はないのだろう。皮肉を言うぐらいならストレートに口に出すタイプだ。

「そういや、冒険者ギルドも夢や目標のために働く場所じゃないですよね」

「眷属に関《かか》わる情報が入りやすいからね。冒険者の力になりたくてたまらないなんてことはないわね。最近は冒険者も真面目《まじめ》な人間が増えてきたけど、まだまだガハハ層も多いし」

朝起きて昼に堅実に働くのが苦手《にがて》な人がとりあえず冒険者をやるっていうことは多い。かといって、堅実に働けない人間はいつの時代でも存在するので、その受け皿自体は必要なのだが。

「というわけで、これからも特訓をしたらその日に決めている店に寄るというカリキュラムでいくから。古代魔法に興味がなくなったら連絡して。その時点で特訓も終わりにする」

徹底してさばさばしてるな、この人。

「ちゃんと続けますよ。きついからすぐ退散なんて恥《は》ずかしいことはしません」

やるからには古代魔法を身につけてやる。

「こんなことで恥ずかしい奴だなんて思わないけど。楽しい特訓じゃないんだから、やめたくなるのは自然だし」

どういう人生を送ると、こんなにドライになるのか、逆に気になる。

◇

ティルミサ本人も楽しい特訓じゃないと認めていたぐらい、そこからの特訓も嫌だった。

ベタな特訓にありがちな、苦しいとか疲れるとかいった感情とは違う。かなり近くはあるのだが、やっぱり違う。とにかく、嫌なのだ。冒険者の講習会、行くのは面倒だけど、参加は必須だから行くしかないか――みたいな感じに近い。

「あ、発音違う。もう一度やって。それと、早口になってきてる。雑になったらどうしようもないから、もう一度口の動かし方を意識して。違う、違う。まだできてない」

この調子でひたすら違うと言われ続ける。

特訓五回目なのに、一回目と何も変わらないところで停滞している。

これだけ自分の無能さを実感させられるのは久しぶりだ……。嫌になるのもしょうがないだろう。

精神力がじわじわ減っていく気がする。それも急激に低下するんじゃなくて、ひなたにある水たまりが小さくなっていくように、少しずつ少しずつわからない程度に減っていくのだ。

「あの、たまには褒めてもらえませんか？　些細《ささい》なことでもいいので。それだけでモチベーションにけっこう大きな変化があるので」

たまりかねてそんな要求をしたら、腕組みしていたティルミサの眉《まゆ》が下がった。

「だって、褒められる要素、とくにないから。できてないものはできてない」

わかっていた。この人はワタシを成長させる義理などないのだ。

習いたいと言ってきたから教えてるにすぎない。

指導をしているから定義上は指導者ではあるが、指導者としての意欲はない。

「できないことばかり指摘されるのは嫌だと思うし、嫌なら帰って。古代魔法なんて使える者が増えないほうがいいし。わざわざ私のギルドともあなたの主要な活動場所とも離れた地方の荒野で特訓してるのも、誰にも見られないようにするためだし」

この場合の嫌なら帰れという言葉は、鼓舞してるのではなくてたんなる選択肢の提示だ。

ティルミサはワタシが古代魔法を習得することを望んですらいない。

学ぶのを許可してはいるが、習得してほしいとまでは思ってないのだ。

通常の指導ならこれはおかしいが、たしかに矛盾《むじゅん》はない。乗り気じゃないけど、教えることは教えるというケースもあるにはある。

「やります。それに帰ろうとしても、ワイヴァーンが来る時間まで帰れないので。それまで二人で過ごすって気まずいでしょう？」

「じゃあ、余計なこと言わずに続けて。今は使われてない言語の発音を真似《まね》るっていうのは大変だろうけど、それができなきゃ、最初の一歩に進めないから」

それは事実だ。魔法の詠唱ができない魔法使いなどありえない。

冒険者でたとえると、現状のワタシは冒険者ギルドに登録すらしてない一般人である。三流冒険者でもなければ、新人冒険者でもなく、一般人だ。

「やります。へこたれません」

「いちいち言わないでいいから発音の練習」

やる気を絶対に評価してこない性格なのはわかってるのに、ワタシもついやる気を見せてしまう。

「▽◇□○、▽◇□○……」

おっ、すぐ来るはずのダメ出しがこない。

これはいけてるのではないか？

よし、やっと発音のコツをつかんだぞ！

特訓五回目にして、ようやくわずかでも前進でき――

ブ～ブ～という重低音が頭に響いた。

「あっ、鳴った。今日はこれで終了ね」

「あのっ！　今、つかみかけてた気がするんで、続きをやらせてください！」

「そういう延長はしないって。時間になったら終わる。そういう契約だから」

「待って、待って！　今はガチのやつです！　このままいけば正しい発音が身につくって感じがあったんです！　少しだけやらせてください！」

「契約外のことは認めない。それが許されるなら、好きなだけ契約を破っていいことになるから。また次回に持ち越して」

「次回になったら、またつかめてた感じが抜けるんですって！」

何があろうと融通が利《き》かない！

ワタシの言ってることとって、そこまでおかしいか？

結局、練習は認められず、原野を抜けた先の街にある高い店に連れていかれた。

「もう少しぐらい、こちらの気持ちに応《こた》えてくれても罰は当たらないんじゃないですか？」

「あなた、意欲だけはあると自称する謎《なぞ》の冒険者が来たら、全部弟子《でし》にするの？　しないでしょう？　気持ちなんて知ったこっちゃないから」

自分はどうなのかと指摘されると、何も言えなくなってしまう。

けど、すでに指導してる相手が見せる意欲と、謎の人間が主張する意欲はさすがに別物じゃないか？

「そのやり方でギルドの部下の指導ってできてるんですか？」

子羊《こひつじ》の肉を切り分けながら聞いてみた。

古代魔法の話は安易にしづらいが、ギルドの話ならいいだろう。

「私は業務時間外にまったく働かせないから、みんな我慢してくれてる」

残業がないというのは、けっこう強いメリットだな。

「それと、自分に責任が来ないようにする圧力のかけ方ぐらい、心得てるから何も問題ないし。生かさず殺さずの精神でやってるから」

客観的指標では悪にならないから、悪役にすることもできないタイプの人だ。

「むしろ、私が質問したいんだけど、なんでそんなに古代魔法なんて覚えたいと思うわけ？」

ティルミサさんが料理の皿から顔を上げた。

彼女が本当に不思議《ふしぎ》に感じていることが顔からわかった。食事中はまだ感情が顔に出やすい。

「知らない魔法の存在を知って、それを覚えられる可能性があったら、覚えたいと思うのは自然なことじゃないですか？」

迷うことなくワタシは答えた。

魔法使いなら誰でも思いつく動機だろう。

「今より上の魔法使いになれるかもしれないなら、興味ぐらいは持ちますよね。そういうことです」

「全然わからない」

ティルミサは歯に衣《きぬ》着せずに言った。わかったふりをされるよりは、そのほうが気楽だった。

「古代魔法を覚えたところで日常的には使えないし、それを公表して威張れるものでもないし、ろくにメリットなんてないと思うけど」

わかりやすいメリットがあるかと言われると、頭に浮かばない。

「だとしてもですよ、今より成長したいという欲求だと考えれば、よくある一般的な動機ですよね？」

「けど、あなた、力を行使したいって気持ちは少ないでしょ。だからこそ、指導を受諾したわけだけど。行使できない力でも我慢して覚えたいものなのかな」

彼女のフォークとナイフを持つ手が完全に止まった。

「上を目指したいってところはわかるけど、そういう人間はほぼ全員、力を見せつけたい欲望がセットになってる。でも、あなたはそれはない」

ティルミサは断定口調でそう言った。

ギルドで力に溺れる冒険者を見続けてきたみたいな言い方だった。

本当に見続けてきたんだろうな。

「それとも、個人的に負けたくない相手でもいる？」

ワタシの頭に義理の母親の顔が浮かんだ。

義理の母親に負けない力は……ほしかった。

魔法の対決をして勝ちたいと思っていたわけでもない。

勝負を挑んで打ち勝ってやるという野望があったわけでもない。

しかし、やたらと強い存在が身近にいたら、それに近づきたいと思うのはそんなにおかしなことじゃない……と思う。少なくともワタシにとっては。

「ワタシが古代魔法を覚えようとするのは……知らないものを知りたいと思う探求心、それに近いものじゃないですかね。これで納得してもらえないなら説明不可能です」

「三割だけわかった。変わり者なのね」

だったらほぼ理解されてないな。

いや、三割ならつかみかけている状態と言えるのか？　ニュアンスが難しい。

「ティルミサさんも、変わってますよ。古代魔法を使えるのにその力をまったく誇示せずに生きるってなかなかできないですよ」


「古代魔法で目立った人は全員消えたから」


その言葉を聞いて、ぞくっとした。

なんでもない言い方だったはずなのに、ワタシの身に寒気《さむけ》が走った。

「変わってるから私はどうにか生きてこられたの」

ティルミサが遠い目をした。

余計なことを言ってしまったと気づいたが、遅かった。

長く生きている精霊なら、普段は触れないようにしている深淵《しんえん》の一つや二つ、あるだろう。ワタシはそこに踏み入った。

「私以外にも古代魔法を使ってた存在ならいた。でも、危険すぎて討伐されたり、実際あくどいことをやろうとして退治されたりしていなくなった。私は表だって動いてないから残れてる。ゴキブリが白昼堂々大通りを闊歩《かっぽ》しないようなものね」

「それはそうですね。ワタシの想像力が足りませんでした」

得体の知れない強大な魔法を使う存在なんて誰だって気味《きみ》悪く思う。

野放しにはできないし、まして敵対するおそれがあるなら始末しようと偉い人間は考える。

「謝罪することじゃないから。あなたの言ったのは一般論だし。古代魔法を覚えても使い道があまりない理由にはなった？」

管理できない未知の力というものをワタシは舐《な》めていたかもしれない。

古代魔法を手にする代償への想像力、それがワタシには不足していた。

リスクがあることを知らなかったという意味ではない。言葉ではわかっていた。でも、言葉でしかわかっていなかった。

だからティルミサの言葉に戸惑ってしまった。

「特訓はやめたいならいつでもやめればいいし、やめる気がないなら続けるから好きにすればいいわ」

その時にやめると言わなかったのは、続ける意志があったからというより、まだ驚きが残ってい
て声が出せなかったからだ。

「でも、あなたは身を守る力があるから、気にしすぎることはないよ。力のない者が突然力を持っ
て勘違いするという、よくある危険もないから。だから、指導してる面もあるわ」

次の料理が運ばれてきて、ティルミサは会話を打ち切った。

手の込んだ料理の味もあまりわからない。

「しおらしくなってるけど、反省する必要はないよ。あなたは表の部分でもすでに名前が売れてい
るし、さらに目立とうとはしないで済む。力に溺れるリスクの小さい立場だから――」

そこで、ティルミサの言葉は途切れた。

どこに意識を向けているのかわからないが、何かに集中しているのは間違いない。

「ちゃんと、嗅《か》ぎつけてきたか。よかった、よかった。この地方で暮らしていると思ってくれてる
ようだし悪くはない結果ね。それは言い過ぎか。不幸中の幸いってところ？」

ぶつぶつとティルミサはよくわからないことを言った。

「師匠の戦いを見せてあげる」

「戦い？　古代魔法の使い手を狙《ねら》ってる者って今もいるんですか？」

なんとなく今の時代はもう平和だとタカをくくっていたが、その証拠はどこにもなかった。

ティルミサは笑った。

否定の笑みではあった。

「古代魔法の敵はいないけど、それ以外にも変なのはいるの。あなたの存在は知られないほうがいいから、姿は消しておくね」

ティルミサが古代魔法を詠唱する。

ワタシの姿は透明になった。

◇

店を出ると、夜の街はまったく人気がなくなっていた。

夜になるとほとんど人が出歩かない街はあるが、ここもそうらしい。

ある意味健全な証拠ではあるが、人の姿すらないならかえって危険を招くこともある。

ティルミサが一本広い通りに出る。そこにも人の姿はない。いや、何者かが潜んでいる。

物陰から三人の男が姿を見せた。

だが、男たちよりも男が連れている巨大な獣のほうが目立つ。

大きな犬、巨大なトカゲ、それと……デカいカメムシ……。臭くはないがかなりキモい!

「魔物使いのマロカンさんで間違いないですね」

海賊《かいぞく》みたいに布で髪を覆《おお》っている男が言う。マロカンって誰だと思ったが、次の言葉でティルミサのことだとわかった。

「ゴキブリを自由に操《あやつ》るゴキブリの女帝、やっと見つけましたよ」

ゴキブリの女帝って最悪の二つ名だな……。間違ってないけど……。

それからカメムシの横にいる男が言った。

「マロカンさん、あなたの力をお貸しください！　魔物使い業界の虫部門では間違いなくあなたが最強なんです！」

魔物使いの世界の中で、ティルミサはゴキブリ使いと認識されているのか。

それと、魔物使いの中では彼女はマロカンという別人格で考えられているようだ。経緯は不明だが、冒険者ギルドで働くティルミサという人格とは完全に切り離されている。

ああ、古代魔法を抜きにしても、この人は目をつけられているんだ。

ゴキブリを操る能力のほうだけでも、一部の狭い世界で知れ渡って、注目されている。

名が知れることの面倒さや、目立つ力を持つことの面倒さを、この人は本当によく知っている。

魔物使いは冒険者のカテゴリーに含まれるし、冒険者ギルドに所属している者も多いが、完全には重ならない。

うかつに扱うと危険な、ギルドでは飼育を禁止しているモンスターを利用している魔物使いがいるためだ。この三人は明らかにそちらの連中だ。

「お願いです。マロカンさんのゴキブリを操る技術を生かせば、ほかの虫も同じように扱える。魔物使いの急成長につながるんです！」

「日陰者《ひかげもの》の魔物使いが日の光を浴びるチャンスになります！」

「ギルド所属の魔物使いを全部叩きつぶせば、ギルドも俺《おれ》たちを受け入れるしかないでしょ！」

どうやら、彼らは魔物使いの世界での下剋上《げこくじょう》を画策しているようだ。

そのためにマロカンという魔物使いを探していたのか。

男たちが協力してくれとしきりに訴えている間、ティルミサはまったくしゃべらなかった。まるで魂が抜けたみたいに突っ立っている。何も知らない人間が通りがかったら、男たちが人形に話しかけているようにすら感じられただろう。

「じゃあ、私の意見を話させてもらってよろしいか？」

ようやく口を開いた彼女の声に、ワタシははっとした。

それはワタシが聞いてきた声とまったく別のものなのだ。低い、中性的な声だった。

もしかして——

彼女はワタシが教えを乞う側になったら、それまでの口調を変えたが——

彼女は役割ごとに意図的に自分を切り替えているんじゃないか。

意味はある。ゴキブリの精霊であることも、古代魔法の使い手であることも、高名な魔物使いと思われていることもそれぞれ知られたくない内容だから、状況によって違う人間のように振る舞うことはリスクを分散させられる。

「私が思うにだが、君たちの欲求の根底には名を馳《は》せたいという意識がある。それは社会的な存在なら誰だって抱く感情だから卑下することはない。それこそ、ゴキブリですら有名になりたいと思っているぐらいだ」

「おお！　ゴキブリの考えまでわかるとはさすがマロカンさんだ！」

ゴキブリ、本当にそんなこと思ってるのかな……。

「だが、ギルドに許可されてないモンスターを使役して名を馳せるのは無理がある。ギルド公認の魔物使いを倒していくという計画も気が長すぎる。なので、世間に認められたいなら、ギルドのルールに従った魔物使いになってそこで上を目指すべきだ。闇《やみ》の存在で、光を求めた者は破滅していった」

おそらく古代魔法の使い手たちも自分の存在を見せびらかしたくて、光の差す表に出て、滅んでいったのだ。

誰も認めない偉大な存在という状況には耐えられなかったのだ。

「マロカンさん、そんなこと言わずに！」

「マロカンさんの力があれば、状況も変えられる！」

意見を述べたところで、違う意見をすぐに翻意《ほんい》させることはできない。男たちは同じことを繰り返した。

「それじゃ、話はこれで終わりだな」

ティルミサ——いや、マロカンは目を閉じて、嘆息《たんそく》した。

通りに沿《そ》った溝の開口部から何か大きなものが現れた。

それは人間が乗れそうなほどの巨大なゴキブ——

その時、ワタシの視界が奇妙に変わった！

ゴキブリがいるはずのところが、小さな四角いブロック状のもので埋め尽くされて、ぼかされる。まるでモザイク壁画のようなものに……。

『慣れてない者が見るとショッキングなので、事前に視界を操作する魔法を使用した』

ワタシの頭にティルミサの声が響いてきた。

こんな謎の魔法は見たことがないから、絶対に古代魔法だ。

『そう、古代魔法。すぐに勝負はつくから待ってて』

モザイク壁画的にぼかされたものは、それからも続々と溝から出てきて、魔物使いと連中の使役する獣やモンスターに襲いかかった。どうやら大きさもまちまちで、この時のために各地から集合したみたいだった。

悲鳴もろくに上がらなかった。

彼らはおぞましいものが群がってくる恐怖で気絶してしまったのだ。

ちなみに、モザイク壁画的になっているとはいえ、何が起こったかははっきりわかるので、あまり意味はない。

最後の一人が意識を失ったところで、ティルミサは眠そうなあくびをした。

それから、訳のわからない発音の詠唱を行って、手から出た光を連中の頭に当てていた。

「すでにマロカンという魔物使いは死んでいるという知識を上書きした。ひとまず、これで大丈夫」

「それ、ワタシが契約を破ったら使うって言ってた魔法ですね。なかなかえげつない魔法ですね……」

「だから古代魔法ははるか昔から危険視されたわけ。こんな力を持ってますって吹聴《ふいちょう》すれば討伐されるに決まってる」

「それはそうですね」

知識の上書きを終えたティルミサはこちらに顔を向けた。

「というわけだけど、これでも古代魔法を覚える覚悟はある？　誰にも見せびらかせられない魔法を手にしたところで満足できる？」

たしかに古代魔法を知らなければ、最初から破滅するリスクはない。

しかし、ティルミサはすぐに表情をゆるめた。

「まっ、あなたは覚悟はあるみたいだから、これからも指導は続けるね」

「えっ？」

ティルミサは本当に楽しそうに笑った。想定外の表情だったから古代魔法の影響かと疑ってしまった。

「もちろん、あなたがやめたいと思ったら、その時にやめればいいけどね。こっちは一切困らないし。これまで学んだ記憶を消せばいいだけの話」

自分の経験をなかったことにされるのは癪《しゃく》だ。

「続けますよ。ようやく発音をつかみかけてきたわけですし」

◇

「あっ、論外。やり直し。むしろ、変なクセがついてるから最初より悪化してるとすら言えるかも」

次回の特訓でワタシはまた最初に逆戻りしていた。

「だから、前回、延長させてくれたらよかったんですよ！」

「ちょっと間が空いただけでできなくなってるなら、コツもつかめてなかったってこと。ほら、文句《もんく》言うだけ時間が減るよ」

古代魔法そのものが覚えられないので、破滅しようもないという可能性も十分にありそうだ。

終わり

あとがき

お久しぶりです、森田季節《もりたきせつ》です！

今回はこの本の内容に言及する、正統派のあとがきなので、先にあとがきを読む人はご注意ください。


二十四巻の原稿をあとから見たら、精霊の話がやけに多いですね。

精霊がコンセプトの巻にしようという意識はなくて、そこは偶然なのですが、やたらと精霊が絡んでくる気がします。

この作品は思いついたネタを順番に書いていくスタイルで一巻の頃からやっていまして、巻の最後には最後っぽいネタを入れようとか、逆に巻の頭には冒頭を飾《かざ》るにふさわしいネタを入れようとかはほぼ考えていません。

「ほぼ考えてない」ということは、少しは気にする時もあるのですが、少しだけ気にした結果、ページ数の関係で巻の最後っぽいネタが次の巻の冒頭に来たりします。

何が言いたいかと申しますと……「時間が停止した」は前の巻のラストに入るのではと思っていたんですが、今回の冒頭に収録されました！　おおざっぱに意識していると、こうやってズレます！

別に順序を入れ替えてもいいんですが、ほかの場所に入れてもしっくりこないので、結局冒頭に入れています。

二十四巻は最近出てないキャラを出すということに主眼を置いたネタが多いです。いちいちキャラの名前を出すのもなんなので、それはやりませんが、そういえばこのキャラを久しぶりに見たなと感じた方もいるのではないでしょうか。といっても、十巻ぶりの登場なんてキャラはいないはずなんですが……。

このキャラをあまり見ないので、もっと出してほしいという要望があったら編集部にファンレターをお送りください。要望にお応えするかは不明ですが、本当に失念しているキャラがいた場合はもしかすると活躍できそうな話を考える努力ぐらいはすると思います。話が完成するかは別なので、確約はできないので、ご了承ください……。

方針というとおおげさですが、四巻あたりの原稿（当時はウェブ連載だったので、ウェブにアップしてましたが）を書いていた頃から、新規で出したキャラは以降もちゃんと出演させるように心がけています。

これは趣味の話でしかないのですが、僕は子供の頃からギャグ漫画でたまに登場するサブキャラを好き（恋愛対象という意味じゃなくて、キャラとしていい味出してるな～みたいなやつ）になることが多かったです。

ラブコメでもメインヒロインよりもサブヒロインのほうを好きになる人が一定数いるというのは

有名な話ですが、興味の持ち方としてはそれに近いのだと思います。ただ、不遇の度合いで見れば、サブヒロインより、ギャグやコメディの漫画のサブキャラのほうが大きいですね。サブヒロインは人気作ならグッズぐらいは出るので。自分が昔好きだったギャグ漫画は主要キャラのグッズは出ても、自分が好きだったキャラのグッズは出ませんでした——と書いたものの、今、検索したらあることはあったようです！　逆にすごいな！　アニメ版でも合計五分も出演してないと思うのに……。

そういった自分の経験もあるので、サブキャラも極力、二度目、三度目、四度目と登場させるという気持ちで話を作っています！　グッズ化は無理でも、せめて本編では顔を見せる機会を作るぞという思いでやっています。

ただ、グッズになれば無論破格にうれしいので、作中のサブキャラをあえてグッズにしてやるぜという稀有《けう》な業者の方、いらっしゃいましたら編集部にご連絡ください（笑）。一種の親心なのかもしれませんが、これまでグッズになってないキャラがグッズの対象になると本当にうれしいんです。グッズ化自体が言うまでもなくありがたいんですが、メインのキャラがグッズになることとは別の喜びがあります。

それと話を作る作者を監督、キャラを選手とみなすと、ミスジャンティーにはものすごくお世話になっているので、年俸を増やしてやりたいです。ミスジャンティーがいないと試合が成立しないことが多いです。

長々と語ってきましたが、今後もサブキャラも含めて、「スライム倒して３００年」をよろしくお願いいたします！

今回も紅緒《べにお》先生には素敵なイラストをたくさん描いていただきました。本当にありがとうございます。性懲《しょうこ》りもなく新しいキャラを追加しているので、またキャラデザでお手数をおかけすると思いますが、よろしくお願いいたします。

漫画担当のシバユウスケ先生、メディアミックス関係の皆様もお世話になっております！

今年は真夏日が多すぎて、一年の四分の一は真夏だったのではという気もしますが、ようやく涼しくなってきて、高原の家周辺みたいな過ごしやすい気候になってきました。ただ、そのせいか、気温差などで体調を崩す人が自分の周囲でも激増しました……。皆様もお体にお気をつけください。

また二十五巻でお会いしましょう！

森田季節

GAノベル

スライム倒して300年、
知らないうちにレベルMAXになってました24

2023年11月30日　初版第一刷発行

著者　森田季節
発行人　小川 淳
発行所　SBクリエイティブ株式会社
〒106-0032　東京都港区六本木2-4-5
03-5549-1201　03-5549-1167（編集）

装丁　AFTERGLOW
印刷・製本　中央精版印刷株式会社

ISBN978-4-8156-2035-6
Printed in Japan

ファンレター、作品のご感想をお待ちしております。
〒106-0032　東京都港区六本木 2-4-5
SBクリエイティブ株式会社
GA文庫編集部 気付

「森田季節先生」係
「紅緒先生」係

本書に関するご意見・ご感想は
下のQRコードよりお寄せください。
※アクセスの際に発生する通信費等はご負担ください。

https://ga.sbcr.jp/

第16回GA文庫大賞
GA文庫では10代~20代のライトノベル読者に向けた
魅力溢れるエンターテインメント作品を募集します！
物語が、華ひらく。
イラスト／風花風花
大賞賞金300万円+コミカライズ確約！
リニューアルで選考課程を一新!!!
◆募集内容◆
広義のエンターテインメント小説（ファンタジー、ラブコメ、学園など）で、日本語で書かれた未発表のオリジナル作品を募集します。希望者全員に評価シートを送付します。
※入賞作は当社にて刊行いたします 詳しくは募集要項をご確認下さい
応募の詳細はGA文庫公式ホームページにて
https://ga.sbcr.jp/